古典詩歌研究彙刊

第十三輯

龔鵬程 主編

第7冊

邵雍及其詩學研究（上）

鄭 定 國 著

國家圖書館出版品預行編目資料

邵雍及其詩學研究（上）／鄭定國 著 — 初版 — 新北市：花
木蘭文化出版社，2013〔民 102〕
序 2+ 目 2+200 面；17×24 公分
（古典詩歌研究彙刊 第十三輯；第 7 冊）
ISBN 978-986-322-075-6（精裝）
1.（宋）邵雍 2. 宋詩 3. 詩學 4. 詩評
820.91 102000926

ISBN-978-986-322-075-6

9 789863 220756

古典詩歌研究彙刊
第十三輯 第七冊 ISBN：978-986-322-075-6

邵雍及其詩學研究（上）

作　　者　鄭定國
主　　編　龔鵬程
總 編 輯　杜潔祥
出　　版　花木蘭文化出版社
發 行 所　花木蘭文化出版社
發 行 人　高小娟
聯絡地址　235 新北市中和區中安街七二號十三樓
　　　　　電話：02-2923-1455／傳真：02-2923-1452
網　　址　http://www.huamulan.tw 信箱 sut81518@gmail.com
印　　刷　普羅文化出版廣告事業
初　　版　2013 年 3 月
定　　價　第十三輯 20 冊（精裝）新台幣 28,000 元

邵雍及其詩學研究(上)

鄭定國 著

作者簡介

鄭定國，浙江省永嘉縣人，出生於舟山市定海區干纜鎮。一九四九年九月出生，淡江大學中文系畢業，文化大學中文所碩士、博士。就讀大學前任教於台東大學附屬小學，大學畢業後服務於台灣省政府人事處。碩士畢業任教於台中高級農業學校。博士畢業首先服務於台中台灣美術館副研究員，又先後任教於逢甲大學、雲林科技大學、明道大學、南華大學等校，現任南華大學文學系教授，主要研究領域，為台灣文學、宋詩學等。著作有《王十朋及其詩》、《邵雍及其詩學研究》、《周禮夏官的軍禮思想》，及台灣文學系列編輯《吳景箕詩文集》、《張立卿詩草》、《王東燁槐庭詩草》、《黃紹謨詩文集》、《雲林縣的古典詩家》、《雲林文學的古典和現代》等近百冊書籍。

提　　要

　　宋朝詩歌價值不同於唐詩，其中理趣是個重要風格特徵。邵雍在詩的生活化和理趣的淺白化致力甚深，他開拓了宋詩的新生命。許多人誤會淺白是容易達成的目標，其實不然。淺白生活化的拙趣卻是邵雍歷盡艱辛、費盡心思、脫胎換骨才做到的。邵雍詩閒靜、和樂、諧趣的風味讓理趣詩有了新的詮釋，其影響所及從宋初直至現當代，可說淵源流長，在詩歌的長河中他的定位不能缺席。

序　言

　　邵雍詩的研究，長期以來，晦暗難明，說什麼頭巾氣，說什麼佛偈子，這些都是歷代詩評家給邵雍詩的負面評價。但是近年來對於宋詩的研究逐漸發達，對於邵雍詩的見解漸有新的發現，因此作邵雍詩全面的研究，此其時也。我寫本書是做淘沙撿金的苦工，如果說本書還能有些沙裡鉛錫的成就，且當它是精衛填海、愚公移山的毅力和誠摯吧！邵雍為北宋五子之一，深明理學，不僅在理學上象數的研究及心學的成就讓世人有目共睹，在詩歌方面更有《伊川擊壤集》的專書，把理學的思想融入詩歌之中，彙編成集，他是第一人，所謂「儒語衍為邵雍詩」。宋人說理詩，在詩家謂之旁門的說法，其不正確的道理，在於以源為流。我們展閱歐、梅、蘇、黃及江西詩派詩卷，甚至元、明、清詩集，處處可觀見理學詩的精神和技法，邵詩繾綣深摯淵源流長的深遠影響，歷久而鮮活。故知邵雍詩的最大成就在於開創理學詩的新時代，並以這種特殊滋味的理學詩，激盪當代詩壇，滲透於宋代和後世的詩學精神中，今以此書探討其人和其詩學內容，期為邵雍詩在宋代文學史流變沿革過程裡所扮演的角色和地位，建構其應有的坐標，是所盼也。

二〇一二年於南華大學學慧樓

鄭定國謹記

目

次

第一章　緒　論

第一節　文學史上的邵雍詩

　　宋初的詩壇由西崑詩派當家，崇尚浮浮華美，略無內涵詩趣可言。在此其間林逋和歐陽修的詩風最具有除掃西崑詩華艷的反動特色。然而眞正把握住宋詩「既言理又言情」、「詩體散文化」、「多所議論」、「雅俗不避」的特色，而能持久產生巨大影響的詩人，應該就是學究天人的道學派詩人邵雍。

　　鄭振鐸的《中國文學史》說：「在西崑體流行的前後，未入楊、劉門之網羅的詩人們很不在少數，不過其聲勢都沒有劉、楊諸人的浩大耳。較早的時候有九僧者；又有寇準、王禹偁、林逋、魏野、潘閬、陳堯佐、趙湘、錢易諸人，皆以詩名，而俱清眞平淡，不爲靡艷之音。但自歐陽修、梅堯臣諸人起，西崑體方才不掃而自空。……與歐、梅同時者，更有蘇舜欽、石延年、邵雍、王安石諸人。……」這段文字在眾文學史家忽略邵雍的情況下，堪稱難得的獨具隻眼；最可貴的還是下面那一段對邵雍詩作的看法。鄭氏又說：「邵雍的詩，在北宋諸作裡，顯出特殊的風味，與時流格格不能相入。他於西崑固攀附不上，於歐、梅也去之甚遠。歐、梅雖力矯靡艷而趨於閑淡，但並沒有淡到像白開水似的無韻無味。雍的詩卻獨往獨來的做到這一層了。有

時如格言，有時如說理，像『我若壽命七十歲，眼前見汝二十五。我欲願汝成大賢，未知天意肯從否？』〈生男吟〉。誠是王梵志以來最大膽的詩人。如此明白如話的詩語，就是顧況、荀鶴諸人也還不敢下呢。而像『頻頻到口微成醉，拍拍滿懷都是春』；『卷舒千古興亡事，出入幾重雲山水』；『恍惚陰陽初變化，氳氳天地乍回旋。中間些子好光景，安得功夫入語言』云云，也都不是一般詩人們所可同群的。其蒼茫獨立的風度，顯有些宗教主的氣味。」〔註1〕鄭振鐸對文學的見識果然是抓到邵雍詩學的癢處，至於深入的研究有待本篇細部剖析，但願能解開北宋初年出身依傍儒、道二邊，性格又特立不群的詩壇反動大將邵雍的真面目。

　　同樣持反對西崑體大纛的歐陽修、蘇舜欽、梅堯臣諸人，對於文學的主張，在根本精神上不同於邵雍。邵雍在《擊壤集・序》中提出：「一句之休感則不過貧富貴賤而已，一時之否泰則在夫興廢治亂者焉。」所以羅根澤的《中國文學批評史》說：「反對歌詠一身休戚是邵雍的新說。」〔註2〕這一點在邵雍《擊壤集》中勇於建立自己的詩論是有很大關聯的。這使我們確定宋初道學傳人物文學觀迥異於當時的文壇，而宋初道學家周濂溪、二程、張載等人並沒有提出什麼系統性的文論、詩論，致使邵雍在《擊壤集》蘊藏的詩論更具有闡發的價值。邵雍詩中往往站在人民、社會的立場觀察時勢，頻頻顯示對時代的關懷，算是具有社會意識的詩人。〔註3〕若將他與屈原、杜甫、白居易相提並列來討論他對於時代憂心的關懷，他可是毫不遜色的。

〔註1〕鄭振鐸，《中國文學史・西崑體及其反動》，第三十四章459～468頁，台北，盤庚出版社，民國67年12月，第一版。

〔註2〕羅根澤，《中國文學批評史・第六篇兩宋文學批評史》，邵雍的詩以垂訓說》，19頁倒四行，台北，學海出版社，民國67年9月，初版。

〔註3〕定國案：邵雍關懷史事方面的詩作近百首，蘊藏家國之憂。經深入研究，他的史詩的表層意義在評論歷史人物，喟嘆史跡，事實上深寓家國之憂，尤凜於國勢不振，政治不安，非我們所知邵雍只是幽閒過日，心無家國之憂的道學家。

固然有極少數的文學、史學學者對於邵雍還是有著深度的了解，但是絕大多數的文學、史學家可以大談九僧、林逋、梅堯臣、蘇舜欽等等，卻隻字不提邵雍，寧知璞玉在前視而不見，是故邵雍詩學的領域猶待發掘，而諸文學史學家的慧眼實多雲水翳障。

第二節　邵雍詩研究的概況

有關邵雍詩研究的專著微乎其微，而批評文字，卻散見在宋、元、明、清詩文集和大量的歷代詩話當中，欲匯觀究竟，萬分困難，遑論予以蒐羅研究。

近數年之間，我翻閱邵雍整體研究的成果有三個方面可以略作敘述。其一，在單篇論文研究的情形超越專書研究的成果十分顯著；其二，泰半的研究趨勢指向邵雍易學，而輕忽了邵雍學術的詩學方面；其三，宋元明清以來直到現代，對邵雍學術有深入和專門研究的學者極端稀少。綜合這三點，很容易的，我們判斷出邵雍學術研究在質和量雙方面都是不足的，這是一個極待開墾拓荒的園地。尤其在邵雍詩學方面，是全面的缺乏深入探討，雖然有些零星的介紹總是缺乏系統性的專著研究，本文就是想在這個趨向上做出重大的努力。

邵雍自己的著作，以《皇極經世》、《伊川擊壤集》為巨著。至於《漁樵問答》和《梅花易數》恐怕都不是邵雍親筆著作，既是有他的部分思想存在，也僅作參考而已。而邵雍的《安樂窩吟》選集〔註4〕及節錄自《擊壤集》，當可附集而談，實不必另作研究。歷代諸家對於邵雍學術的研究，多類錢鍾書《談藝錄》所云；如：宋朝王質、陸游、朱熹有近似趣味的理學詩，明朝唐荊川有讚揚邵堯夫的詩，明朝夏尚樸有〈讀擊壤集絕句〉，明朝莊昶《定山集》的詩多仿習《擊壤集》風味，明朝孫作明《滄螺集》有〈答性難〉一文思想略近邵康節，這些零金碎玉實在不能算對邵雍研究的重大成就。

〔註4〕《安樂窩吟》及《兩宋名賢小集》之一部份，在三八○卷。

　　近年，大陸地區許總《宋詩史》，趙仁珪《宋詩縱橫》，程千帆《兩宋文學史》，王運熙、顧易生編《中國文學批評通史‧理學家的文學觀》，袁行霈等作《中國詩學通論‧宋代理學家的詩學理論》，陳平原、陳國球編《文學史第三輯》中的張鳴〈略論兩宋理學家詩歌對物與理的觀照把握〉，敏澤《中國文學理論批評史上冊‧道學家的文論》，張少康、劉三富作《中國文學理論批評發展史下卷‧道學家的主理抑情文學觀及其影響》，呂思勉作《宋代文學》，都能少許提到邵雍詩的特色，尤以周裕鍇的《宋代詩學通論》言之較詳。而台灣香港地區則有近人程兆熊作〈邵康節的無可主張〉及〈論邵康節的首尾吟及其詩學〉，陳郁夫作《邵康節學記》，趙玲玲作《邵康節觀物內篇之研究》，吳康作《邵子易學》，高懷民作《邵雍的歷史哲學》，張健作《邵雍詩研究》，郭玉雯作《邵雍的詩歌理念探析》，鄭雪花作《試析邵雍以物觀物的詩歌理念》，均是較有系統性地探討邵雍學術，所以今之成就遠勝古人。猶有值得一提的，徐紀芳撰《邵雍研究》博士論文，幾乎囊括一切古今有關邵雍的資料作全面性的研究，而多發明前人之所未發，堪為目前研究邵雍學術的殿軍。然而，至可惜的，他對《擊壤集》中詩學研究的深度與廣度，遠遠不及對《皇極經世》中易學的研究，此為美中不足的地方，也是今天我樂於繼續系統性地研究《擊壤詩集》的主因。今就《擊壤詩集》研究，而定名為《邵雍及其詩學研究》，是全盤從背景而內容而核心，徹頭徹尾的探究《擊壤詩集》，使後人對於邵雍詩歌的內涵有更具體的了解，方能重新評做邵雍在文學史上的形象和定位。

第三節　本篇研究的方向

　　邵雍詩集稱名為《擊壤集》。詩人以「養志」的抱負和「樂天」的精神，寫出生活在北宋太平年間的詩歌，所以稱名為《擊壤集》。〔註5〕本篇全就《擊壤集》所有詩歌作研究，而邵雍又無其他詩集，

〔註5〕稱名詳細情形，參見拙作〈探討邵雍詩集擊壤之眞義〉一文。鄭定

所以直書《邵雍及其詩學研究》即指《擊壤集》之研究也。

　　近代批評文學，多半綜合作品的背景研究和作品自身的內容研究最為可取，因此本篇亦兼此兩者而為之，希望既可照顧傳統詩話研究的資糧，又可擷採西方批評文學的長處。近人錢鍾書也是兼採東西方學問來研究詩話，其成就從《管錐篇》、《談藝錄》而易見。尤以《談藝錄》對邵雍詩最有卓識，洵為良師。今步武前賢，綜合各類研究方法，將分為雙線研究方式，首先從邵雍《擊壤集》的背景開始研究，了解其創作背景。繼而，深入探討他的詩歌內涵，務求語言、意象、音樂節奏和詩的境界都能曉暢，並期了解邵雍詩特色的延伸意義和思想。茲將研究方向細節彙述如後：

一、邵雍的背景與年譜

　　本書前三章係探討邵雍的年代、文學背景和家世年譜。第一章為緒論。第二章是邵雍背景的析論，分四小節細述之。第一節邵雍時代背景。邵雍所處的時代及其處境，影響其詩學有必然性，理應明白交待，並儘可能詳考而了解，裨益詩意內涵的透澈探討。第二節邵雍的文學背景。北宋的文學觀，前承唐末，所以宋詩有晚唐詩的傾向。北宋又是宋詩本身開創的時代，宋詩散文化的現象蔚成特色。在以上的宋詩大環中，邵雍自己「以物觀物」的看法，虛心空靈的「無可主張」，綜合這些特別的文學觀，實是「康節體」的成因，值得詳加闡析。第三節邵雍交遊。師友的交往，常是創作的動機和動力，所以我們簡擇詩集中常出現的師友，略作討論。第四節擊壤集的版本流傳並不複雜，尤以通行的四庫本、成化本加上北京大學出版的全宋本已相當完善，足敷參用，僅概述編輯狀況，且附及諸版本的書影和特色。通過以上四小節的探討，則邵雍詩的背景資料初構已得，至於第三章寫邵雍的家世與年譜，乃進一步探析其詩作

　　國，民國 87 年 9 月，《邵雍詩心》，初版，雲院書城有限公司，1 至 9 頁，雲林。另可參見拙作〈邵雍《擊壤集》命名之探討〉，1999 年 7 月，《鵝湖月刊》289 期。

和平生背景資料的連繫關係，特闢專章〈邵雍家世及年譜〉析論之。邵雍家出寒門，世系單純，可述者未多。至於年譜的撰寫可繁可簡，本文則力求其繁而條列分明，欲通過年譜而追索詩人生活、作品年代及其他種種關連性，務期綱目清晰，如此邵雍生平和背景，可達深度廣度兼顧的地步。

二、邵雍詩的內容研究

內容研究是本書研究的重點，從第四章至第七章，共有四個專章。分別針對邵雍詩的語言特徵、邵雍詩的意象、邵雍詩的音樂節奏、邵雍詩的境界來研究邵雍的詩學。如果再細分，則第四章有五小節將邵雍詩的語法、色彩、詞藻、用事、語義類型歸納分析，用來凸顯邵雍詩的語言特徵。第五章有四小節敘述邵雍詩的喜樂、幽默、恬淡、禪機理趣的意象，這是詩人建構意象的方式。第六章為了探究邵雍詩的音樂節奏，所以有四小節分析邵雍詩的平仄、用韻、句法和句式。第七章邵雍詩的境界，呈現出內省挫折、憂道和氣、養生安樂、閒靜恬淡、天機幽默、自然理趣的風貌。在有宋一代，所有理學詩和有理學傾向的詩，其風格皆在邵雍詩境界的籠罩下。換言之，邵雍詩有最純正的宋詩精神。

三、結　論

邵雍在諸家文學史上，片言數語，十分單純，可說殊無地位。近代批評史上邵雍詩方初露頭角，也僅是萌芽而已。但是綜觀歷代詩話，他是個極好與極歹備受爭議的詩人，歸納研究結果，我們有倒吃甘蔗的感覺出現，可以讓世人對於它的詩體和內容逐漸了解而受到重視，他的詩作絕對是理學詩中一流作家之地位，並且世上固不可以缺少此類型態的詩人，我們希望讓他的詩回歸文學史上，回歸文學批評史上，得到應有而適當的地位。我們以「開創理學詩的新紀元」和「邵雍詩對後世的影響」兩小節文字來說明他曾經付出，也應有所收成。

　　本書將寫作過程中曾經著力的資料，錄於書後，以作附錄。附錄一〈邵雍親屬表及邵雍學案〉；附錄二〈邵雍詩專用語助詞的特色〉專門闡釋邵雍詩中語助詞大量運用的情形；附錄三〈邵雍詩褒貶人物的思想〉欲從邵雍詠史詩來探討詩人的歷史觀、人物觀；附錄四〈邵雍詩所涵書藝的思想〉剖釋邵雍的書藝所蘊涵的精神，邵雍詩中所蘊涵氣和神逸的基調和人格修養多半已與書藝結合，見書如見詩，見詩如見人。這些附錄有助於認識邵詩的全貌，故錄之備查。

第二章　邵雍背景的析論

第一節　邵雍的時代背景

　　邵雍生於北宋大中祥符四年（西元 1011 年），卒於神宗熙寧十年（西元 1077 年），享壽六十七歲。生平經歷眞宗、仁宗、英宗、神宗四朝，正値北宋強盛久安之時。

　　眞宗朝內有賢相畢士安、寇準，朝外有名噪千古御駕親征之澶淵和盟。宋帝一向偏安柔弱，澶淵和盟爲宋盛世順延百餘年。宋眞宗爲人尚稱忠厚仁恕，能以義善待寇準，然其製造天青，崇信神道，恐非眞正英明之主，惟守國守成則尚有餘力矣。

　　澶淵盟後，形成長期和平之局。於是文風昌盛，至仁宗朝，濟濟多士，人才鼎旺。前有呂夷簡、李迪，後有韓琦、范仲淹、歐陽修、文彥博、富弼、王安石等，凡此謀臣泰半以書生形態問政，行事多有激切深刻，放言高論之情形。遂自仁宗朝慶曆黨爭，綿延至英宗朝之濮議，神宗朝變法，皆書生論爭而導致外無法禦強敵，內滋生無數呂惠卿、章惇、蔡京等小人。

　　欲深知邵雍所處之時代背景，實不離北宋由虛盛而至實弱的關鍵時期。邵氏之所以不能在政壇上或吏治上有所作爲，可從兩方面申述。其一，客觀的時代背景因素。北宋初年仍不失清平，非有亂世需奇臣

的必要,因此未遇明君,實有無從著力之慨。其二,主觀的家世才學因素。此尚可分幾方面來闡析:首先,是邵雍之才學並未專力於科舉。在社會普遍重視科舉出身的環境,捨此徑,欲仕途騰達,勢必難能。次者,邵氏家世,清寒至極,內無顯赫祖先庇蔭,外無朝廷親友提攜,可說其盛年因緣不及科名仕途。第三,邵氏青壯年時期,與政壇諸公,毫無淵源,以致「時不我予」,失去人生中最佳施展抱負的時機。

邵雍四十五歲以後逐漸藉著民間輿論的喧騰和交游官紳而享盛名,但身體狀況日漸孱羸,為民為國出力的可能性早已降低,故婉拒出仕,反而容易在民間左右民風,進而影響政風。詩文學者的個人文學觀念固然受到時代背景大環境的左右,同時也被當代文學背景情境所支配,非有豪傑之士不脫離此一藩籬。縱使偶能突發新見,獨創新文學觀念,仍需處處兼容並蓄,與時代背景思潮共存共榮,而後方能率領風騷。

北宋太祖、太宗、眞宗年間文學理論家,先有柳開、王禹偁、僧智圓等倡議破除六朝唐末形式主義的文風,以文道合一的理論,領導宋朝走向理學之路。理學,其實就是新儒學。其特色是吸收佛道兩家的思想成分,去發揚儒家的倫理學和政治哲學。仁宗、神宗以後,穆修、尹洙、蘇舜欽、孫復、梅堯臣、石介、歐陽修,反復的推動反模擬詞章體勢的詩文革新運動。這種詩文革新與政教同步配合的痕跡是很明顯的。是時,邵雍、周敦頤、二程、張載實踐其道學派的詩文,李覯、王安石、司馬光、富弼、韓琦等擅揚政治派的詩文。蘇軾、黃庭堅等強調瘦硬風格,以俗為雅,再造文人化的江西詩派。綜觀宋代詩文的殊途並進,各領風騷之一端,實亦糾纏不清,互有因襲。如果我們翻閱宋代詩話,可以發現,各言其是,殊無定見。這種的北宋時代背景和文學背景的繽紛,正滋潤著宋詩,也漸行漸遠地摒棄唐詩的重要素質,使宋詩得到獨特風格發展的環境。

宋代私人講學之風氣盛行,有私相授受的個人傳承和私塾,也有著名的書院培養傑出學者,反而研究眞正學問者許多都不在學校。這

種現象，使宋明理學合儒釋道思想而整合成一個完整的體系。這些時代背景和理學思想，滲入詩歌作品，便形成宋詩特有的面貌。

第二節 邵雍的文學背景

一、邵雍的學術專承和創作理念

　　文學背景包含文學傳承和文學觀念是詩文寫作的動機，如果不分析其文學背景，則對作品的理解和方向捉摸不清，不容易解析其詩文的成就。古今文人的作品都有其文學演進的軌跡和文學觀念的形成來支柱，以提升作品的深度和廣度。邵雍的《皇極經世》書用易數來說明宇宙現象，推廣人類歷史過程，並將古今治亂興廢格律化，這是其政治思想的展現。雖然沒有機遇在實務上作應用，但能以科學觀點，融合道德移風易俗來開展治亂之方，也足稱政治哲學的異葩。〔註1〕

　　至於邵雍的《擊壤集》和〈觀物內外篇〉所顯現的「理語成詩」的文學觀念有一套周密的詩論系統規畫而成。或云理語成詩很有理趣，或云理語成詩是理障，這些文字批評和詮釋，都不能妨礙他成為偉大理學詩人的地位和事實。下文便分析邵雍文學傳承和邵雍文學觀念的各種主張，也就是他文學背景的理論。

（一）儒道兼顧的學術傳承和出身

　　邵雍之先人系出邵公，故世為燕人。曾祖父邵令進，以軍職事宋太祖，始家衡漳。雍之祖父邵德新，父邵古皆隱德不仕，邵雍幼從父徙河南共城，晚遷洛陽。觀上文可知邵雍的家世寒微，出身環境實不利於儒業。據年譜所知，自十二歲開始求學。又據〈百源學案〉：「……自雄其才，又慕高遠，謂先王之事必可致，居蘇門山百源之上。布裘

〔註1〕楊幼炯，《中國政治思想史》，第九章第二節宋代學者之政治思想，
　　　　230頁，台四版，台灣商務印書館，台北，1977年。

蔬食，躬爨養父之餘，刻苦自勵者有年。已而嘆曰：昔人尚友千古，吾獨未及四方，於是踰河汾，涉淮漢，周流齊、魯、宋、鄭之墟而始還。」這一段十二歲至十九歲策勉自勵和游學天下的經歷，並未深染道家思想，應該還是儒家思想為本色。〈百源學案〉又說：「時北海李之才攝共城令，授以圖書先天象數之學。先生探賾索隱，妙悟神契，多所自得，蓬蓽甕牖，不蔽風雨，而怡然有以自樂，人莫能窺也。」從此邵雍接受道家的傳承而深入易經象數之學。雍師承李之才，李之才師承穆修，穆修又師承种放，而种放師承陳搏，這個道家傳承淵源清楚可信，無庸置疑地影響邵雍以後的思想至鉅。

　　邵雍〈安樂窩中自訟吟〉自述：「不向紅塵浪著鞭，唯求寡過尚無緣。虛更蘧瑗知非日，謬歷宣尼讀易年。……」(《擊壤集》卷八)顯然這是宣示儒家的思想。而其後〈安樂窩中吟〉卻說：「安樂窩中甚不貧，中間有榻可容身。儒風一變至於道，和氣四時長若春。……」(《擊壤集》卷十)這裡很清楚地說明由儒轉道的心境和走向。由於邵雍學術傳承的改變，進而引導思想的轉變和創作作風的演變，故知其詩風已兼含儒道思想。

（二）汲取前賢創作的理念

1、融滲六經諸史〔註2〕

　　六經諸史是儒家精神的根柢，自古至今幾乎沒有任何一位中國文學家不深受其感染而薰陶的。邵雍少習孔孟經學思想，尤其是對於孔子的思想接受最多。我們從他的詠史詩可以看出詩人對春秋經和諸史所根植功夫的深厚，這些六經諸史的思想淵源我們從他的詩集中可以

〔註2〕融滲一詞，即融入滲透之意。近數年由教育學者推動通識等各項教學，希望將各項教學融入於受教者生活當中，以收潛移默化之功。故知「融滲」是「融入」的另一精準的代替詞。文學家的創作淵源，固然有軌跡可尋，但有時是與前代或當代渾然一體的，析肉析骨未必容易釐清，倒不如以「融滲」一詞，滋味較覺渾然，故採用之。

引文以證的。何況邵雍曾說：「欲為天下屠龍手，肯讀人間非聖書」，
〔註3〕可見他對聖人之道是蠻堅持的。六經一向是儒士學問的基礎，
邵雍游學各地時受習經史典籍，後來從李之才力學易經。平日不廢作
詩，深明詩經之學。詩作中又有許多詠史之作，表現出熟習諸史的功
力，因此詩人匯通經史諸學已不是不爭的事實。

> 仲尼生魯在吾先，去聖千餘五百年。
> 今日誰能知此道，當時人自比于天。
> 皇王帝伯中原主，父子君臣萬世權。
> 河不出圖吾已矣，脩經意思豈徒然。　　　　〈仲尼吟〉，卷十二
> 堯夫非是愛吟詩，詩是堯夫贊仲尼。
> 大事既去止可歎，皇綱已墜如何追。
> 由茲春秋無義戰，所以定哀多微辭。
> 絕筆獲麟之一句，堯夫非是愛吟詩。
>
> 　　　　　　　　　　　　　　〈首尾吟之三十八〉，卷二十
>
> 史筆善記事，長于炫其文。文勝則實喪，
> 徒憎口云云。詩史善記事，長於造其真。
> 真勝則華去，非如目紛紛。……
> 百千萬億年，其事長如新。
> 可以辨庶政，可以齊黎民。可以述祖考，可以訓子孫。……
> 可以移風移，可以厚人倫。可以美教化，可以和疏親。……
> 可以贊天地，可以感鬼神。……　　　　〈詩史吟〉，卷十八
> 史筆善記事，畫筆善狀物。……
> 詩史善記意，詩畫善狀情。
> 狀情與記意，二者皆能精。……　　　　〈史畫吟〉，卷十八
> 堯夫非是愛吟詩，詩是堯夫無必時。
> 或讓或爭時既往，相因相革事難齊。
> 羲軒堯舜前規矩，湯武桓文舊範圍。

〔註3〕邵雍（宋），《擊壤集》，〈閒行吟〉，卷七，7 頁，初版，台灣商務，
　　　台北，1986 年。

一筆寫成還抹了。堯夫非是愛吟詩。

〈首尾吟之一一七〉，卷二十

堯夫非是愛吟詩，詩是堯夫用畜時。

史籍始終明治亂，經書表裏見安危。

庖犧可作三才主，孔子當爲萬世師。

不止前言與往行，堯夫非是愛吟詩。〈首尾吟之九七〉，卷二十

堯夫非是愛吟詩，詩看春秋後語時。

七國縱橫如破的，九州吞吐若枰棋。

君臣自作逋逃主，將相無非市井兒。

篆入草書猶不誤，堯夫非是愛吟詩。〈首尾吟之九九〉，卷二十

堯夫非是愛吟詩，詩是堯夫覺老時。

不動已求如孟子，無言又欲學宣尼。

能知同道道亦得，始信先天天弗違。

六十三年無事客，堯夫非是愛吟詩。〈首尾吟之五〇〉，卷二十

堯夫非是愛吟詩，詩是堯夫代記時。

官職固難稱太史，文章欲欲學宣尼。……

〈首尾吟之六三〉，卷二十

仲尼豈欲輕辭魯，孟子何嘗便去齊。

儀鳳不來人老去，堯夫非是愛吟詩。〈首尾吟之六七〉，卷二十

堯夫非是愛吟詩，詩是堯夫憑式時，

亂法奈何非獨古，措刑安得見於茲。

當時既有少正卯，今日寧無孔仲尼。

時世不同人一也，堯夫非是愛吟詩。

〈首尾吟之一一五〉，卷二十

宋朝方岳《深雪偶談》和明朝何孟春《餘冬詩話》錄載：「西山公云：近世評詩……康節之辭若卑，其旨則原於六經。……」〔註4〕

〔註4〕 方岳（宋），《深雪偶談》，《古今詩話叢編本》，第 1 頁，初版，廣文書局，台北。何孟春（明），《餘冬詩話上》，《古今詩話叢編本》，第11、12 頁，初版，廣文書局，台北，1971 年。

《擊壤集・四庫全書提要》又云：「邵子抱道自高，亦顏子陋恭之志。……」同時代或近時代的人，因為時空的接近，彼此熟悉，所以從宋人口中了解詩人的學術淵源，自然是最真確的，因此上述詩話所云正是邵雍以儒家六經為本的證明。至於他擴展學術領域，也曾著染道家色彩，實不過思想、詩作之幻變增益而已。

2、融滲陶淵明詩

隔空異代之間的文學家彼此吸引的原因，可能係時代背景類似，可能為身世背景類似，可能因社會環境背景類似，甚至也可能是個人氣質作為的類似，以上四項，陶淵明與邵雍都有共通點。兩位詩人都是處在國力不強，外敵侵陵，戰爭威脅的時代背景之下。兩人身世皆農儒兼作的情況，且力耕且勵學，致使兩人的社會環境俱不利施展抱負；而最神似的地方是兩人皆好酒、樂道、又作詩。由於兩人具有「貧不賣書留子讀，老猶栽竹與人看」〔註5〕的隱士風格，因此邵雍詩的創作意識頗受陶淵明的影響。下文兩詩，談及對陶淵明的嚮往，亦復如是。

> 歸去來兮任我真，事雖成往意能新。
> 何嘗不遇如斯世，其那難逢似此人。
> 近暮特嗟時戞戞，向榮還喜木欣欣。
> 可憐六百餘年外，復有閑人繼後塵。〈讀陶淵明歸去來〉，卷七
> 年來得疾號詩狂，每度詩狂必命觴。
> 樂道襟懷忘檢束，任真言語省思量。
> 賓朋疑密過從久，雲水優閑興味長。
> 始信淵明深意在，北窗當日比義皇。　〈後園即事之三〉，卷五

整個宋朝詩壇因為傾向平淡特質的關係，非常愛慕陶詩，所以邵雍也受此影響。明朝何孟春《餘冬詩話》引「向蘚林家藏邵康節寫陶詩一冊……」〔註6〕姑不論是否康節親筆，但流傳康節好抄陶詩，也

〔註5〕羅青，《詩人之燈》，〈詩的欣賞與評論〉，虞景星的對聯中，168頁，初版，東大公司出版，台北，1992年。
〔註6〕何孟春（明），《餘冬詩話上》，《古今詩話叢編本》，頁18～19，初版，

足證其受陶詩之熏染實深。

3、融滲韓愈詩

韓愈是唐朝古文改革的大將,陳言務去是他努力的目標。當時韓愈、柳宗元身體力行以散文、散文化詩歌大肆扭轉六朝、唐人綺美浮華的駢體文風,似卓然有立。而異代之後,在宋朝更經歐陽修、曾鞏、蘇東坡、王安石等推波助瀾,蔚為真正的改革風潮,對宋朝詩、文的演變關係最大。宋詩之所以異於唐朝,除了宋朝文人的自覺外,在推陳出新方面和重道輕文方面,韓愈等早已埋伏造句技巧等變化的因子。邵雍詩中常提及韓文,如:「荀楊若守吾儒分,免被韓文議小疵。」(卷七〈和王安之韻〉)之類,見其平素熟悉韓文之特色。又邵詩大量存在著韓愈散文詩的思想和句法,自然可說邵詩有若干成分出自韓愈詩歌。下文援引韓、邵詩兩兩對照,參看彼此詩作略有關連。例如:

> 斷送一生惟有酒,尋思百計不如閒。
> 莫憂世事兼身事,須看人間比夢間。
>
> 韓愈,〈遣興〉。東雅堂昌黎集註,四庫本卷九
>
> 能休塵境為真境,未了僧家是俗家;
> 不向此中尋洞府,更於何處覓藏花。
>
> 邵雍,〈十三日遊上寺及黃澗之一〉,卷五

韓愈〈遣興〉詩的下半首,「世事」、「身事」和「人間」、「夢間」以字重出而調流轉的方式,使文意愈加綿密。這種轆轆映帶的用法如同邵雍〈遊上寺及黃澗之一〉的「塵境」、「真境」和「僧家」、「俗家」的技巧,近人錢鍾書指出邵雍詩使用這種方法最多。固然,有人以為邵詩學自杜甫,但是此處顯然韓愈詩亦用此法,邵雍在二人之後,說習自韓詩也未嘗不可,所謂詩家技巧共有之。

> 洛陽城下清明節,百花寥落梨花發。
> 今日相逢瘴海頭,共驚爛熳開正月。

廣文書局,台北,1971 年。

韓愈，〈梨花下贈劉師命〉，東雅堂昌黎集註，四庫本，卷九

人間佳節唯寒食，天下名園重洛陽。

金谷暖橫宮殿碧，銅駝晴合綺羅光。

橋邊楊柳細垂地，花外鞦韆半出牆。

白馬蹄輕草如翦，爛遊於此十年強。

邵雍，〈春遊之四〉，卷二

　　韓愈與邵雍分置唐宋，相去二百餘年。此處韓詩與邵詩正同寫「洛陽」，同寫「寒食清明」，在詩意上有精彩有簡明，在遣辭上有鋪陳有跌宕，然而兩詩頗有似曾相識的感覺，而邵詩師法韓詩的軌跡固可明顯尋得。

4、融滲杜甫詩

　　《清詩話・一瓢詩話》薛雪云：「老杜善用『自』字，如『村村自花柳』、『寒城菊自花』、『故園花自發』、『風月自清夜』、『虛閣自松聲』之類，下一『自』字，便覺其寄身離亂感時傷事之情，掬出紙上。……」（註7）而邵雍喜用語助字，其詩用「自」字者也不少。譬如：「一片雲自飛」（卷九，和雲），「慮少夢自少」（卷十一，省事吟），「紅日已高猶自眠」（卷十三，天津敝居蒙諸公共為成買作詩以謝），「庭院無風花自飛」（卷十三，暮春吟），「竹雨侵人氣自涼」（卷四，閒居述事），「林間車馬自稀到」（卷二十，首尾吟之十二），「三盃五盃自勸酒」〈首尾吟之十五〉……等等句法有學自杜甫之處。邵雍〈首尾吟〉之一二四云：「……早是小詩無檢束，那堪大字更狂迷。既貪李杜精神好，又愛歐王格韻奇。……」這裡很明白的表示，他對李白、杜甫詩的愛好。《清詩話》之〈野鴻詩的〉黃子雲說：「……康節手抄少陵藍田崔氏詩……一時咸稱善……」（註8）觀此邵雍雅好杜甫詩恐是已到時時撫卷把玩的地步。所以我們說邵詩源自杜甫並非虛言。

〔註7〕葉廷秀（明），《詩譚上》，〈閒處坐〉，卷五，396 頁，初版，廣文書局，台北，1973 年。

〔註8〕黃子雲（清），《野鴻詩的》，第十五條，清詩話本，850 頁，初版，明倫出版社，台北，1971 年。

　　明代陶望齡《水天閣集》說：「白沙子曰：『子美詩之聖，堯夫更別傳。』予謂子美詩即聖矣，譬之猶以甜說蜜者也，堯夫密說甜者也。梧桐月照，楊柳風吹，人耶？詩耶？此難以物會而言語解也。」這裡表示邵雍在作詩方法上有某些技巧是得自杜甫的。又明代李鼎《李長卿集》說：「水流雲在，想子美千載高標。目到風來，憶堯夫一時雅致。」〔註9〕此處把邵雍與杜甫相提並論，固然是褒美邵雍的詩，其實也有兩者比較之意，顯然明代這兩位文學家共同發覺邵雍詩的特質與杜甫詩有類似處。這種現象可以了解邵雍已將詩作中融滲了杜甫詩的特質。明朝萬事和在〈重刻擊壤集序〉云：「陳白沙子始以匹杖，然猶曰別傳也。而余師荊川先生（唐順之）乃贊其法之兼乎少陵。」（明《文海》卷二百六十六），皆可見明朝人對邵雍詩法學自杜甫有共同的體認。

5、融滲白居易詩

　　文學史敘述元稹、白居易的詩多作「元輕白俗」一筆之判定，其實這屬不公允的批評方式。同理，許多詩話認為邵雍詩類涉佛家偈子，或如學究語錄，像白居易詩一樣的通俗，實在是看輕了兩位大詩人。至於邵詩是否以白詩為法，尚可研究，邵詩的基調與白詩相去較遠，但是邵雍詩閒適中有領會語，恬靜中有理趣，正為長處，何可輕忽。

　　《四庫全書·擊壤集提要》：「邵子之詩，其源亦出白居易。而晚年絕意世事，不復以文字為長，意所欲言，自抒胸臆，原脫然於詩法之外……」此提要所說乃就北宋初年整體的文學背景就是厭棄五代的佻薄之弊而尋求返樸還淳，所以文風傾向白居易《長慶集》的風潮。我們同意邵雍詩風受當代文風的左右，而且錢鍾書曾云邵雍喜歡將文字翻筋斗，這也許受到白居易〈長恨歌〉、〈琵琶行〉等長篇詩歌的影響。但是，《擊壤集》並未特重白居易的文字，所以邵雍作詩技巧自

〔註9〕陶望齡（明），《水天閣集》，〈明德詩集序〉，卷三。又李鼎（明），《李長卿集》，卷二十。

有主意，並非全然效法白詩詩法。邵詩俚語、口語處、幽默感俱夥，雖然詩的表象通俗，但其質素與白詩不同，白詩平易中仍有官場高雅的氣象，邵雍詩表現出詩語吸收民間眾生的情懷。明朝安磐《頤山詩話》說邵詩「安閑弘闊」（《四庫珍本初集》第一四八二冊第 459 頁），直見邵雍詩擊壤而歌的氣象。

6、融滲伏羲、陳摶、莊子等道家思想

由於傳承自陳摶、种放、穆修，李之才道家學術系統的淵源，邵雍自壯年後一改純然儒風而轉向親近道家思想。六十歲以後更著道服，一派道士模樣。其思想之轉變，由內而外，有軌跡可尋。而其詩歌所表現的自然主義和恬淡悠閒的人生觀念，正是道家思想的一環。尤以莊子用道心寂照萬物自身和觀懷自身所在之世界的觀點，接近邵雍觀物以理的詩歌理論。《莊子‧人間世》云：「一若志，無聽之以耳，而聽之以心。無聽之以心，而聽之以氣。聽止於耳，心止於符。氣也者，虛而待物者也。唯道集虛；虛者，心齋也。」這種「徇耳目而內通」的過程，與邵雍《皇極經世‧觀外內篇之十二》云：「夫所以謂之觀物者，非以目觀之也。非觀之以目，而觀之以心也。非觀之以心，而觀之以理也。」可謂宗旨一致，概見邵雍之思想軌跡。〔註10〕，下文略舉數例以明其對道家的嚮往。

> 范邵居洛陽，希夷居華山。陳邵爲逸人，忠獻爲顯官。
> 邵在范之後，陳在范之前。三人貌相類，兩人名相連。
> 〈題范忠獻公真〉，卷十四
> 未見希夷眞，未見希夷蹟。止聞希夷名，希夷心未識。
> 及見希夷蹟，又見希夷眞。始知今與古，天下長有人。
> 希夷眞可觀，希夷墨可傳。希夷心一片，不可得而言。
> 〈觀陳希夷先生真及墨跡〉，卷十二
> 何處是仙鄉，仙鄉不離房。眼前無冗長，心下有清凉。

〔註10〕參見鄭雪花，〈試析邵雍以物觀物的詩歌理念〉，《孔孟月刊》第三十七卷第 5 期第 29 頁，台北，1999 年。

靜處乾坤大，閑中日月長。若能分得安，都勝別思量。

〈何處是仙鄉〉，卷十三

　　邵雍的學術思想因師承關係，故從儒家而轉化爲道家，兩者影響其詩風則觀察詩作自然可以查覺。陳寅恪在《元白詩箋證稿》附錄載〈白樂天之思想行爲與佛道關係〉一文，論及白居易思想受佛道影響甚深，尤以受道家處世觀物的思想最深，常「忘榮知足委天和」，這樣的觀點若移釋邵雍行也允稱恰當。〔註11〕

　　綜本節所述，可知邵雍的文學背景傳承自儒，且又能汲取前賢創作的理念，融滲而自創新法，遂有特殊的風貌。

二、邵雍的文學觀念

（一）以物觀物的主張

　　邵雍爲了掃除北宋當代文學上沈溺於「一身休慼」和「一時否泰」的弊端，主張「以道觀道，以性觀性，以心觀心，以身觀身，以物觀物」〈擊壤集自序〉。簡言之，即以物觀物，脫離哀傷樂淫的情好，脫離個人和時代的現實，走入任運自然的發展。邵雍之所以能像孔門曾點一般從游舞雩之下，享受了三十年浴沂詠歸的閑適生活，就是由此「以物觀物」的想法所造成。這種「天下爲公」大宇宙的觀點，原本也是也想康濟世人，實行抱負的觀點，他認爲這樣才能解決社會上一切以人情爲導向的蔽障。他看不慣歐陽修、蘇舜欽、梅堯臣等君子黨，以吟詩戲謔度日的作法，〔註12〕而走向道學家理學獨樹一幟的文學觀而提出摒除自我，物我相對的「以物觀物」之主張。這種主張勢必走

<hr>

〔註11〕陳寅恪，《陳寅恪先生全集下冊補編》，〈元白詩箋證稿〉之附錄「白樂天之思想行爲與佛道關係」，988 頁，修訂三版，九思出版社，台北，1977 年。

〔註12〕羅根澤，《中國文學批評史》，〈兩宋文學批評史章〉，80 頁，初版，學海出版社，台北，1977。又魏恭（宋），《臨漢隱居詩話》，頁 4，引「歐陽永叔晚節蓋縱酒落魄，文章尤狂。……」參見《古今詩話本》（一），廣文書局，台北，1973 年。

到〈擊壤集序〉所說的「以家觀家，以國觀國，以天下觀天下」多視角的寫詩態度。

時有代謝，物有枯榮。人有盛衰，事有廢興。

〈觀物吟〉，卷十四

物不兩盛，事難獨行。榮瘁迭起，賢愚並行。

〈觀物吟〉，卷十四

地以靜而方，天以動而圓。
既正方圓體，還明動靜權，
靜久必成潤，動極遂成然。
潤則水體具，然則火用全。
水體以器受，火用以薪傳。
體在天地後，用起天地先。

〈觀物吟〉，卷十四

利輕則義動，利重則義輕。
利不能勝義，自然多至誠。
義不能勝利，自然多忿爭。

〈觀物吟〉，卷十六

一氣才分，兩儀已備。圓者為天，方者為地。
變化生成，動植類起。人在其間，最靈最貴。

〈觀物吟〉，卷十七

如鸞如鳳，意思安詳。所生之人，非忠則良。
如鼠如雀，意思驚躍。所生之人，不凶則惡。

〈觀物吟〉，卷十七

畫工狀物，經月經年。軒鑑照物，立寫于前。
鑑之為明，猶或未精。工出人手，平與不平。
天下之平，莫若于水。止能照表，不能照裏。
表裏洞照，其唯聖人。察言觀行，罔或不真。
盡物之性，去己之情。有德之人，而必有言。
能言之人，未必能行。

〈觀物吟〉，卷十七

居暗觀明，居靜觀動。居簡觀繁，居輕觀重。
所居者寡，所觀則眾。匪居匪觀，眾寡何用。

〈觀物吟〉，卷十八

見物即謳吟，何嘗曾用意。閒將籃筍詩，靜看人間事。

〈觀物吟〉，卷十八

水雨霖，火雨露，土雨濛，石雨雹。

水風涼，火風熱，土風和，石風冽。

水雲黑，火雲赤，土雲黃，石雲白。

水雷雺，火雷虩，土雷連，石雷霹。　　〈觀物吟〉，卷十九

千萬年之人，千萬年之事，千萬年之情，

千萬年之理，惟學之所能，坐而爛觀爾。〈觀物吟〉，卷十八

　　以道觀物，有道家任運自然的想法，不僅可觀「家至天下」的轉變局勢，亦可移作個人修養的方法。馮友蘭《中國哲學史》說：「聖人無我而任物，故能無為而無不為。此道家之說，而康節亦持之。無我而任物，亦為個人修養之方法，康節云：『以物觀物，性也，以我觀物，情也。性公而明，情偏而暗。』〔註13〕又云：『任我則情，情則蔽，蔽則昏矣。因物則性，性則神，神則明矣。』，〔註14〕又云：『心一而不分，可以應萬變，此君子所以虛心而不動也。』，〔註15〕又云：『以物喜物，以物悲物，此發而中節者也。』，〔註16〕又云：『為學養心……由直道，任至誠，則無所不通。天地之道，直而已，當以直求之。若用智數，由徑以求之，是屈天理而徇人欲也，不亦難乎？』，〔註17〕『以物觀物』見可喜者喜之；見可悲者則悲之，率性直行，而

〔註13〕邵雍（宋），《皇極經書世》，〈觀物外篇下〉，357 頁，初版，廣文書局，台北，1988 年。

〔註14〕邵雍（宋），《皇極經書世》，〈觀物外篇下〉，355 初版，廣文書局，台北，1988 年。

〔註15〕邵雍（宋），《皇極經書世》，〈觀物外篇下〉，360 版，廣文書局，台北，1988 年。

〔註16〕邵雍（宋），《皇極經書世》，〈觀物外篇下〉，353，初版，廣文書局，台北，1988 年。

〔註17〕邵雍（宋），《皇極經書世》，〈觀物外篇下〉，381，廣文書局，台北，1988 年。

心虛不動，此與濂溪所云『無欲則靜虛動直』正同。」〔註18〕其實邵雍個人修養的方法是雜揉儒、道兩家的，與邵雍詩晚期的寫作內容息息相關。

（二）詩以垂訓的主張

〈邵雍擊壤集序〉云：「《擊壤集》，伊川翁自樂之詩也。非唯自樂，又能樂時，與萬物之自得也。……一身之休戚則不過貧富貴賤而已，一時之否泰則在夫興廢治亂者焉。是以仲尼刪詩十去其九……蓋垂訓之道，善惡明著者存焉。」邵雍這段文字，主張詩有「垂訓」的功能，即有「垂訓之道」。

垂訓之道，原是儒家思想，然而邵雍是以道家的「無為而無不為」的觀點引入詩的功能中。邵雍說：「近世詩人，窮感則職於怨憝，榮達則專於淫佚，身之休感發於喜怒，時之否泰出於愛惡，殊不以天下大義而為言者，故其詩大率溺於情好也。……予自壯歲業於儒術，謂人世之樂何嘗有萬之一、二，而謂名教之樂固有萬萬焉。」由於「垂訓之道」使命感的驅使，《擊壤集》的編輯受此影響而學孔子刪詩，將三千多首詩刪去與此想法不同的，今詩遂僅賸一半。此所謂「窮理以盡性，放言而遣辭」（卷一，〈觀棋大吟〉）。為了達到垂訓的主張，邵雍乃結合前項「以道觀物，以物觀物」的觀點，擺脫「情」的因素，而以「以家觀家，以國觀國，以天下觀天下」的方式寫詩，而使「垂訓之道」的目的在「善惡明著」。

（三）反對歌詠一身休感和一時否泰的主張

詩為言志，為心聲，因此詩人多半會吟詠一身休感喜怒，或一時否泰的情形，但是邵雍對此強力反對。他認為「一身之休感，則不過貧富貴賤而已；一時之否泰，則在夫興廢治亂者焉。……身之休感，發於喜怒；時之否泰，出於愛惡。」這兩種情況都不能以「天下大義

〔註18〕馮友蘭，《中國哲學史》，第十一章〈邵康節條〉，頁830，無出版局（疑明倫出版社印行），台北，1972年。

而為言」邵雍的詩學觀從崇儒而有重大轉向，不只是師承關係而改變思想，最重要的因素可能是反對當時詩壇一味歌詠私情與淫靡的詩風。當時邵雍居西北文風純樸的洛陽，而江南的經濟、文化環境所造就的風花雪月詩風，概被邵雍所厭惡唾棄。像他自作「半記不記夢覺後，似愁無愁情倦時。擁衾側臥未忺起，窗外落花撩亂飛。」（卷十，〈懶起吟〉又名〈安樂窩〉），非不能為，實不欲多為，就是為了貫徹此種中晚年的詩風。

　　總之，邵雍的三種文學觀念和其文學背景的主張，互為因果，所匯聚而成的文學主張，正是有一套完整的詩學理論支持，像也詩歌有默機趣、淡泊閒適的基調，他詩歌之所以像五七字語錄，句法類轆轤變化，內容似理學偈子，遣詞專用語助，自成「康節體」路數，蓋皆輔助發揮其文學觀念、文學背景罷了。

第三節　邵雍的交遊

　　邵雍為宋初名處士，不僅聲名動京都，且及於一般販夫走卒之間。因其好於詩，詩集中尋得詩歌交往者百五十餘人。經徐紀芳所撰《邵雍研究》博士論文錄記邵雍之弟子行有二十餘位，總計雍之交遊約可得近二百人，謂其交遊闊廣，尚可居之無愧。但其著作缺乏散文體裁，故其交遊資料實難詳考，然其詩集猶有數事可說：

　　第一、《擊壤集》所有詩作，幾乎皆出於雍三十七歲之後，顯然盡棄舊作，以彰顯選詩之方向在配合《皇極經世》「以物觀物」的易理和詩論中徑路寬廣的「無可」等主張。

　　第二、邵氏中年以前作品經刻意刪除，對詩作和交遊之瞭解損失甚鉅。雍年產詩作近百首，以此比例逆推十五年，則雍從及冠之年到三十七歲，其間至少有一五〇〇首詩被毀去，大約半生作品未能傳世，至可惜也。

　　第三、自古詩人多應酬之作，而雍之應酬作品，混似自吐心意，絲毫不落應酬的窠臼，此點十分難得。究其故，疑與雍之

個性及處士生涯之行徑有關，可謂真率至極，吾以為其詩後人既學不好又學不得也。

今錄其交遊至好二十六人，取其在詩篇中出現多次，或與雍交往密切，或影響邵雍詩風行事之內涵者，都臚列於後，細作析論，觀其交往，觀彼此詩風之激盪。

邵雍交遊小錄

一、司馬光（君實）

二、富弼（彥國，鄭公）

三、王尚恭（安之）、王尚吉（松齋）

四、王拱辰（君貺）

五、宋郎中（商守）

六、王益柔（勝之）

七、李復圭（審言）

八、王愼言（謹言、不疑）、王愼行、王愼術

九、祖無擇（擇之）

十、程珦、程顥、程頤（顥字伯淳，號明道先生；頤字正叔，號伊川先生）

十一、任逵（開叔）

十二、吳充（沖卿）、吳安詩（傳正）

十三、邵睦

十四、秦玠（伯鎮）

十五、王贊善

十六、李希淳

十七、李中師（君錫）

十八、呂公著（晦叔）、呂希哲（原明）

十九、邢恕（和叔）

二十、陳侗（成伯）

二十一、陳搏（希夷）

二十二、陸剛叔

二十三、張景伯（元伯）

二十四、張崏（子望）、張峋（子堅）

一、司馬光（司馬君實）

司馬光（西元 1019 至 1086 年），字君實，號迂夫，晚號迂叟，世稱涑水先生。陝州夏縣人（今山西人）。宋神宗熙寧二年王安石爲相，後二年司馬光與王安石議新法不合，於是退居洛陽獨樂園，作《資治通鑑》，並與邵雍遊。由於雍略長光八歲，光以兄事雍。在洛陽六、七年的時光，兩人詩作往來，攜手同遊過從甚密。

司馬光的晚年既戒酒又染目疾，生活的趣味從紛華權位轉向逍遙清閑，所保留的興趣，恐怕只有暖日讀書之樂和暇和暇日登山之樂（〈司馬光上元書懷〉卷九）。這一點追求平淡生活的想法促使光與雍能相互往來的原因之一。至於第二個原因，我認爲是個性相容。司馬光的個性耿直多拘與王安石權巧多變的個性難以相處，但是與邵雍的平和包容的性格絕不會抵梧。因此之故邵雍與權高位重的韓琦、富弼、文彥博、韓絳等能交遊，與個性尖銳耿率的程頤、張載能交遊，甚至與投機多巧的章惇、邢恕也能應酬。若以司馬光、王安石、邵雍三者行事相較，司馬光保持傳統，王安石求新求變，而邵雍最守中庸之道，然而三者仍有共同的特徵，即皆固執己見，立場分明。司馬光的立場固然表現在執政上面，邵雍的思想生平也未嘗一刻輕易放棄。這一點司馬光最清楚，所以司馬光說：「……古道白頭無處用，今時青眼幾人知。……筋力雖衰才思壯，遞年比較未嘗虧」（〈司馬光和堯夫首尾吟〉卷二十）。將邵雍的出身、才學、行事總括詮釋，可見司馬光乃眞邵雍之知己也。

　　自然天物勝人爲，萬葉無風碧四垂。

　　猶恨簪紳未離俗，荷衣蕙帶始相宜。

司馬光〈花庵詩二章拜呈堯夫之一〉卷八

洛陽四時常有花，雨晴顏色秋更好。
誰能相與共此樂，坐對年華不知老。

司馬光〈花庵詩二章拜呈堯夫之二〉卷八

不用丹楹刻桷為，重重自有翠陰垂。
後人繼取天眞意，種蒔增華非所宜。

邵雍〈和君實端明花庵二首之一〉卷八

庵後庵前盡植花，花開番次四時好。
主人事簡常燕休，不信歲華能換老。

邵雍〈和君實端明花庵二首之二〉卷八

荒園才一畝，意足以為多。雖不居丘壑，嘗如隱薜蘿。
忘機林鳥下，極目塞鴻過。爲問市朝客，紅塵深幾何。

司馬光〈花庵獨坐呈堯夫先生〉卷九

靜坐養天和，其來所得多。耽耽同廈宇，密密引藤蘿。
忘去貴臣度，能容野客過。繫時休戚重，終不道如何。

邵雍〈和君實端明花庵獨坐〉卷九

家雖在城闕，蕭瑟似荒郊。遠去名利窟，自稱安樂巢。
雲歸白石洞，鶴立碧松梢。得喪非吾事，何須更解嘲。

司馬光〈贈堯夫先生〉卷九

曾不見譊譊，城中類遠郊。雖無千里馬，卻有一枝巢。
月出雲山背，風來松竹梢。頑然何所得，豈復避人嘲。

邵雍〈和君實端明見贈〉卷九

家雖在城闕，蕭瑟似山阿。遠去名利窟，自稱安樂窩。
雲歸白石洞，鶴立碧松柯。得喪非吾事，何須更寪歌。

司馬光〈別一章改韻同五詩呈堯夫〉卷九

浮雲一消散，星斗燦長天。碧蘚墜丹果，清香生白蓮。
體涼猶衣葛，耳靜已無蟬。坐久群動息，秋空唯寂然。

司馬光〈秋夜〉卷九

晴空碧於水，那得片雲飛。映日成丹鳳，隨風變白衣。

去來皆絕跡，隱顯兩忘機。天理誰能測，終然何所歸。

司馬光〈雲〉卷九

閑來觀萬物，在處可逍遙。魚爲貪鉤得，蛾因赴火焦。

碧梧饑鷺鷥，白粒飽鸕鶿。帶索誰家子，行歌復采樵。

司馬光〈閑來〉卷九

望遠雲凝岫，粧餘黛散鈿。縹囊承曉露，翠蓋拂秋煙。

嚮慕非葵比，雕零在槿先。才供少頃玩，空廢日高眠。

邵雍〈和秋夜〉卷九

司馬光與王安石議政不合，乞判西京留司御史，居洛與邵雍交游，時雍六十一歲。光對於雍能拋去名利閒居安樂窩稱羨不已。而自居獨樂園的司馬光，心憂天下，居閒之間仍著《資治通鑑》，實未脫紅塵染也。邵雍以其平昔所行純真之事，賦之於詩，意無所作，是以行無所愧。不知司馬光《溫公詩話》何以未評邵詩？難道以至交故而避嫌之。

久畏夏暑日，喜逢秋夜天，急雨過修竹，涼風搖晚蓮。

豈謂敗莎蛩，能繼衰柳蟬，安得九皋禽，清唳一灑然。

邵雍〈和秋夜〉卷九

萬里幙四垂，一片雲自飛。柢知根抱石，不爲天爲衣。

既來曾無心，卻去寧有機。未能作霖雨，安用帝鄉歸。

邵雍〈和雲〉卷九

以身觀萬物，萬物理非遙。馬爲乘多瘦，龜因灼苦焦。

能言謝鸚鵡，易飽過鸕鶿。伊洛好煙水，願同漁與樵。

邵雍〈和閑來〉卷九

葉鬧深知幄，花繁翠似鈿。濃濃零曉露，冪冪散晴煙。

謝既成番次，開仍有後先。主人凝佇苦，長是廢朝眠。

邵雍〈和花庵上牽牛花〉卷九

初晴僧閣一憑欄，風物淒涼八月間。

欲盡上層嘗腳力，更於高處看人寰。

秋深天氣隨宜好，老後心懷只愛閑。
爲報遠山休斂黛，這般情意久闌珊。

邵雍〈秋霽登石閣〉卷九

飛簷危檻出林端，王屋嵩丘咫尺間。
獨愛高明遊佛閣，豈知憂喜滿塵寰。
日窮蒼莽纖毫盡，身得逍遙萬象閑。
暇日登臨無厭數，悲風殘葉已珊珊。

司馬光〈和堯夫先生秋霽登石閣〉，卷九

雨霽景自好，秋深天未寒。可能乘興否？夏圃上盤桓。

邵雍〈招司馬君實遊夏圃〉卷九

野迥秋光滿，遲微朝露寒。登高與行遠，餘力尚桓桓。

司馬光〈和堯夫先生相招遊夏圃〉卷九

老去春無味，年年覺病添。酒因脾積斷，燈爲目痾嫌。
勢位非其好，紛華久已厭。唯餘讀書樂，暖日坐前簷。

司馬光〈上元書懷〉卷九

養道自安恬，霜毛一任添。且無官責咎，幸免世猜嫌。
蓬戶能安分，藜羹固不厭。一般偏好處，曝背向前簷。

邵雍〈和君實端明〉卷九

安樂窩中自在身，猶嫌名字落紅塵。
醉吟終日不知老，經史滿堂誰道貧。
長掩柴荊避寒暑，只將花卉記冬春。
料非閑處打乖客，打是清朝避世人。

司馬光〈和安樂窩四長吟〉卷九

　　從司馬光眼中看邵雍是快活人，是愛閑人，是藏書經史滿堂的學者，是太平歲月避世的隱者。而從邵雍眼中看到的司馬光，不過是天邊無心飛來的一片雲，暫時無官無嫌猜，怎知那一天又跑去高處看人寰，繼續政治生涯這是實情。但不影響兩人布衣卿相之交，暫時同漁樵之樂，此種友情亦難能可貴也。

　　極目千里外，川原繡畫新。始知平地上，看不盡青春。

司馬光〈二月六日登石閣〉卷九

平地雖然遠，那知物物新。危樓一百尺，別有萬般春。

邵雍〈和君實端明登石閣〉卷九

紅櫻零落杏花開，春物相催次第來。
莫作林間獨醒客，任從花笑玉山頹。

司馬光〈二月六日送京醞二壺上堯夫〉卷九

洛陽花木滿城開，更送東都雙榼來。
遂使閑人轉狂亂，奈何紅日又西頹。

邵雍〈和君實端明副酒之什〉卷九

年老逢春春莫咍，朱顏不肯似春迴。
酒因多病無心醉，花不解愁隨意開。
荒徑倦遊從碧草，空庭慵掃任蒼苔。
相逢談笑猶能在，坐待牽車陌上來。

司馬光〈和堯夫先生年老逢春三首〉卷十

年老逢春無用驚，對花弄筆眼猶明。
不嫌貧舍舊來燕，喚起醉眠何處鶯。
一僕相隨幅巾出，群童聚看小車行。
人間萬事都捐去，莫遣胸中氣不平。

司馬光〈和堯夫先生年老逢春三首〉卷十

年老逢春猶解狂，行歌南陌上東岡。
晴雲高鳥各自得，白日遊絲相與長。
草色無情盡眼綠，林花多思麗人香。
吾儕幸免簪裾累，痛飲閑吟樂未央。

司馬光〈和堯夫先生年老逢春三首〉卷十

淡日濃雲合復開，碧嵩青洛遠縈迴。
林端高閣望已久，花外小車猶未來。

司馬光〈崇德久待不至〉卷十

君家梁上年時燕，過社今年尚未迴。
請罰誤君凝佇久，萬花深處小車來。

邵雍〈和崇德久待不至〉卷十

天啓夫君八斗才，野人中路必須迴。
神仙一句難忘處，花外小車猶未來。

邵雍〈和崇德久待不至〉卷十

樓外花深礙小車，難忘有德見思多。
欲憑桃李爲之謝，桃李無言爭奈何。

邵雍〈和崇德久待不至〉卷十

賞花高閣上，負約罪難迴。若許將詩贖，何時不可陪。

邵雍〈和崇德久待不至〉卷十

拜表歸來抵寺居，解鞍縱馬罷傳呼。
紫花金盞脫去，便是林間一野夫。

司馬光〈正月二十六日獨步至洛濱……〉卷十

草軟波晴沙路微，手攜筇竹著深衣，
白鷗不信忘機久，見我猶穿岸柳飛。

司馬光〈正月二十六日獨步至洛濱〉卷十

冠蓋紛紛塞九衢，聲名相軋在前呼。
獨君都不將爲事，始信人間有丈夫。

邵雍〈和君實端明洛濱獨步〉卷十

風背河聲近亦微，斜陽淡泊隔雲衣。
一雙白鷺來煙外，將下沙頭又卻飛。

邵雍〈和君實端明洛濱獨步〉卷十

牡丹一株開絕倫，二十四枝嬌娥顰。
天下唯洛十分春，邵家獨得七八分。

牡丹一株開絕奇，二十四枝嬌娥圍。
滿洛城人都不知，邵家獨占春風時。

郡雍〈東軒前添色牧丹一株開二十四枝成兩絕呈諸公〉卷十

君家牡丹深淺紅，二十四枝爲一叢。
不唯春光占七八，才華自是詩人雄。

司馬光〈酬堯夫招看牡丹〉卷十

君家牡丹今盛開，二十四枝為一栽。

主人果然青眼待，正忙亦須偷暇來。

司馬光〈酬堯夫招看牡丹〉卷十

　　熙寧六年，京中送酒來，司馬光轉送二壺給詩人，詩人家中牡丹一株開了廿四朵大牡丹，招光共賞，兩人情誼殊好。春天，光約詩人在崇德閣郊遊，久候不至，望著路上揚起的灰塵，雙目欲穿，當時以萬人之上的宰相貴寵地位，卻邀不到布衣來訪，心中一定懊惱。改日，邵雍連寫四首詩道歉，光竟能一笑諒解，想見宰相之肚量，亦聞詩人之不屈和見識。

安樂窩中職分修，分修之外更何求。

滿天下士情能接，遍洛陽園身可遊。

行已當行誠盡處，看人莫看力生頭。

因思平地春言語，使我嘗登百尺樓。

邵雍〈安樂窩中吟〉卷十

靈臺無事日休休，安樂由來不外求。

細雨寒風宜獨坐，暖天佳景即閒遊。

松篁亦足開青眼，桃李何妨插白頭。

我以著書為職業，為君偷暇上高樓。

司馬光〈奉和安樂窩吟〉卷十

曹王八斗才，今日為余催，錦繡佳章裏，芝蘭秀句開。

煩痾熠軀體。溽暑爍樓臺，宜把君詩諷，清風當自來。

邵雍〈別謝君實端明〉卷十一

山人有山未嘗遊，俗客遠來仍久留，

白雲滿眼望不見，可惜宜陽一片秋。

司馬光〈遊神林谷寄堯夫〉卷十二

占得幽樓一片山，都離塵土利名間，

四時分定所遊處，不為移文便往還。

邵雍〈答君實端明遊壽安神林〉卷十二

林下雖無憂可消，許由聞說掛空瓢，

請君呼取孟光飲，共插花枝煮藥苗。

司馬光〈送酒堯夫先生因戲之〉卷十三

大凡人意易爲驕，雙檻何如水一瓢；
亦恐孟光心漸侈，自茲微厭紫芝苗。

邵雍〈和君實端明送酒〉卷十三

春風吹雪亂飄颻，林下如何更寂寥，
霜憲威稜正難犯，小人當覗是難消。

邵雍〈依韻和君實端明惠酒〉卷十三

洛陽相望盡名園，牆外花勝牆裏看，
手摘青梅供按酒，何須一一具盃盤。

司馬光〈看花四絕句呈堯夫〉卷十三

洛陽相識盡名流，騎馬遊勝下馬遊，
乘興東西無不到，但逢青眼即淹留。

司馬光〈看花四絕句呈堯夫〉卷十三

洛陽春日最繁華，紅綠陰中千萬家，
誰道群花如錦秀，人將錦秀學群花。

司馬光〈看花四絕句呈堯夫〉卷十三

南園桃李近方栽，澆水未乾花已開，
山果野蔬隨分有，交遊不厭但頻來。

司馬光〈看花四絕句呈堯夫〉卷十三

洛陽最得中和氣，一草一木皆入看，
飲水也須無限樂，況能時復舉盃盤。

邵雍〈和君實端明洛陽看花〉卷十三

洛陽花木誇天下，吾輩遊勝庶士遊，
重念東君分付意，忍於佳處不遲留。

邵雍〈和君實端明洛陽看花〉卷十三

洛陽交友皆奇傑，遁賞名園只似家，
卻笑孟郊窮不慣，一日看盡長安花。

邵雍〈和君實端明洛陽看花〉卷十三

南園一色栽桃李，春到且圖花早開，

多謝主人情意厚，天津客不等閒來。

邵雍〈和君實端明洛陽看花〉卷十三

八品山蔬盡藥萌，何山採得各標名，
山翁驚受霜臺貺，即命山妻親自烹。

邵雍〈謝君實端明惠山蔬八品〉卷十三

霜臺何處得奇葩，分送天津小隱家，
切訝山妻忽驚走，尋常只慣插葵花。

邵雍〈謝君實端明惠牡丹〉卷十三

堯夫非是愛吟詩，安樂窩中無所爲，
古道白頭無處用，今時青眼幾人知。

嵩山洛水長相見，秋月春風不失期，
筋力雖衰才思壯，逐年比較未嘗虧。

司馬光〈和堯夫首尾吟〉卷二十

曉知詩人愛牡丹喜山蔬好茗酒，司馬光不時惠賜一些，從司馬光的立場，以爲「交遊不厭但頻來」，大約是卿相之家少眞友。從詩人這方面的立場，則往往受惠若驚，無以回報之餘，只有「多謝主人情意厚」。兩友之間，因爲沒有心機的往來，無所謂利害可言，所以兩人君子之交洵是人生中最令人忘憂的友誼。

二、富弼（富彥國，鄭公）

富弼（西元 1004 至 1083 年），字彥國，河南洛陽人。至和二年與文彥博並爲相；英宗時，封鄭國公。熙寧間再入相，與王安石不合，稱疾求退，歸洛養疾。後進封韓國公致仕。元豐六年，年八十卒。卒後又封魏國公。

富弼曾於熙寧初年薦舉雍出仕朝廷，邵雍表示壯心消磨殆盡，此身生涯甘老在漁樵。其後弼養病洛陽時，園宅甚廣沃，植有班筍，並惠贈予雍，雍園小較隘，雖有種植之心，卻無生產之地。弼之個性較司馬光尤柔和，然弼、光與雍之情誼相若也，想是布衣卿相總有距離之故。光與雍能共游山水之樂，弼與雍多半紙上詩酬往來，偶有相訪，

雍之禮數更周到。原因是弼年長於雍，雍又年長於光之故。然富弼對
於邵雍之相知，與司馬光固同等也。

> 相招多謝不相遺，將謂胸中有所施。
> 若進豈能禁吏責，既閒安用更名爲。
>
> 願同巢許稱臣日，甘老唐虞比屋時。
> 滿眼清賢在朝列，疾夫無以繫安危。
>
> 邵雍〈謝富丞相招出仕二首之一〉卷二
>
> 欲遂終焉老閒計，未知天意果如何，
> 幾重軒冕酬身貴，得似雲山到眼多。
>
> 好景未嘗無興詠，壯心都已入消磨，
> 鶼鴻自有江湖樂，安用區區設網羅。
>
> 邵雍〈謝富丞相招出仕二首之二〉卷二
>
> 開闢而來世教數，其間雄者號眞儒，
> 修身有道名先覺，何代無人達奧區。
>
> 煥若丹青經史義，明如日月聖人途，
> 甀生涵泳雖云久，天下英才敢厚誣。邵雍〈答人語名教〉卷二
>
> 經時不見意何如，重出新詩笑語初，
> 物理悟來添性淡，天心到後覺情疏。
>
> 已全孟樂君無限，未識蘧非我有餘，
> 大率空名如所論，此身甘老在樵漁。　邵雍〈答人放言〉卷二
>
> 何事教人用意深，出塵些子索沉吟，
> 施爲欲似千鈞弩，磨礪當如百煉金。
>
> 釣水誤持生殺柄，著棋閒動戰爭心，
> 一盃美酒聊康濟，林下時時或自斟。
>
> 邵雍〈何事吟寄三城富相公〉卷三
>
> 名園不放過鶹飛，相國如今遂請時，
> 鼎食從來稱富貴，更和花筍一兼之。
>
> 承將大筍來相詫，小圃其如都不生，
> 雖向性情曾著力，奈何今日未能平。

應物功夫出世間，豈容人可強躋攀，

我儂自是不知量，培塿須求比泰山。

邵雍〈戲謝富相公惠班筍三首〉卷九

　　富弼的推薦，是不忍不世之才空處江湖，無奈詩人早自名利窟抽身。以為已非奇世不能奇用，若循依官秩而出仕，殊非詩人所望，且等閒小職，也不足以救國，反倒是跌進官場是非圈，當無必要也。然詩人所云「此身甘老在樵漁」，因受拘於現實，恐原非本意也。

初晴僧閣一憑欄，風物淒涼八月間，

欲盡上層嘗腳力，更於高處看人寰。

秋深天氣隨宜好，老後心懷只愛閒，

為報遠山休斂黛，這般情意久闌珊。邵雍〈秋霽登石閣〉卷九

高閣嵬嶤對遠山，雨餘愁望不成歡，

擬將斂黛強消遣，卻是幽思苦未闌。

富弼〈堯夫先生示秋霽登石閣之句病中聊以短章戲答〉卷九

天下繫休戚，世間誰擬倫，三朝為宰相，四水作閒人。

照破萬古事，收歸一點真，不知緣底事，見我卻慇懃。

邵雍〈贈富公〉卷九

氣候隨時應，初寒雪已盈，乾坤一色白，山水萬重清。

是處人煙合，無窮鳥雀驚，忻然不成下，連把玉罍傾。

富弼〈十月二十四日早始見雪登白雲臺閑望亂道走書呈堯夫先生〉卷九

壬子初逢雪。未多仍卻晴。人間都變白。林下不勝清。

寒士痛遭恐。窮民惡著驚。盂觴限新法。何故便能傾。

邵雍〈奉和十月二十四日初見雪呈相國元老〉卷九

密雪終宵下，晨登百尺端，瑞光翻怯日，和氣不成寒。

天未無纖翳，雲頭未少乾，四郊聞擊壤，農望已多歡。

富弼〈臺上再成亂道走書呈堯夫〉卷九

崇臺未經慶，瑞雪下雲端，雖地盡成白，而天不甚寒。

有年豐可待，盈尺潤難乾，畎畝無忘處，追蹤擊壤歡。

邵雍〈和相國元老〉卷九

人生七十古來稀，今日愚年已及期，
從此光陰猶不測，只應天道始相知。

富弼〈歲在癸丑年始七十正旦日書事之一〉卷九

親賓何用舉椒觴，已覺閑中歲月長，
不覺香山醉歌舞，只將吟嘯敵流光。

富弼〈歲在癸丑年始七十正旦日書事之二〉卷九

先聖明明許從心，山川風月恣遊尋，
此中若更論規矩，籍外閑人不易禁。

富弼〈歲在癸丑年始七十正旦日書事之三〉卷九

今年始是乞骸年，我向年前已掛冠，
都爲君王憐久疾，肯教先去養衰殘。

富弼〈歲在癸丑年始七十正旦日書事之四〉卷九

正旦四篇詩，緣忻七十期，請觀唐故事，未放晉公歸。

邵雍〈答富鄭公見示正旦四絕〉卷九

通衢選地半松筠，元老辭榮向盛辰，
多種好花觀物體，每斟醇酒發天眞。
清朝將相當年事，碧洞神仙今日身，
更出新詩二十首，其間字字敵陽春。

邵雍〈謝富相公見示新詩一軸之一〉卷九

文章天下稱公器，詩在文章更不疏，
到性始知眞氣味，入神方見妙功夫。
閑將歲月觀消長，靜把乾坤照有無，
辭比離騷更溫潤，離騷其奈少寬舒。

邵雍〈謝富相公見示新詩一軸之二〉卷九

出入高車耀縉紳，從來天幸喜逢辰，
道孤常恐難逃悔，性拙徒能不失眞。
風雨坐生尫妄疾，林泉歸作自由身，
歲寒未必輸松柏，已見人間七十春。

富弼〈承索近詩復貺佳句次元韻奉和，詩以語志不必更及乎詩也……

之一〉卷九

賦分蕭條只自如，生平常向宦情疏，
亡功每歎孤明主，得謝何妨作老夫。
官品尚叨三事貴，世緣應信一毫無，
病來髀肉消幾盡，尤覺陰陽繫慘舒。

富弼〈承索近詩復覬佳句次元韻奉和，詩以語志不必更及乎詩也……
之二〉卷九

富弼居洛以疾之故，司馬光居洛主要是沈潛待發，猶有壯志。兩者之情況稍有不同，故光之詩多豪氣，弼之詩多蕭散氣。弼在年過七十之後，真情告老。而邵雍也真情告以「才能養不才」，這是反語，藉用莊子的心來自達己心。邵雍和莊子都是不甘於蟄伏，有康濟之心的奇才，世人不知，唯知己之可對言。雍之心，從詩集觀察，恐怕只有富弼與司馬光得知。

安樂窩中好打乖，打乖年紀合挨排，
重寒盛暑多閉戶，輕暖初涼時出街。
風月煎催親筆硯，鶯花引惹傍樽罍。
問君何故能如此，秖被才能養不才。

邵雍〈安樂窩中好打乖吟〉卷九

先生自衛客西畿，樂道安閒絕世機，
再命初筵終不起，獨甘窮巷寂無依。
貫穿百代常探古，吟詠千篇亦造微，
珍重相知忽相訪，醉和風雨夜深歸。

富弼〈和安樂窩中好打乖吟〉卷九

道堂閒話儘多時，塵外盃觴不浪飛，
初上小車人已靜，醉和風雨夜深歸。

邵雍〈謝彥國相公和詩用醉和風雨夜深歸〉卷十一

和詩韓國老，見比以宣尼，引彼返魯事，指予來西畿。
日星功共大，麋鹿分同微，華袞承襃借，將何答所知。

邵雍〈別謝彥國相公三首之一〉卷十一

仲尼天縱自誠明，造化功夫發得成，

見比當初歸魯事，堯夫才業若爲情。

邵雍〈別謝彥國相公三首之二〉卷十一

嘗走狂詩到座前，座前仍是洞中仙。

無涯風月供才思，清潤何人敢比肩。

邵雍〈別謝彥國相公三首之三〉卷十一

黎民於變是堯時，便字堯夫德可知，

更覽新詩名擊壤，先生全道略無遺。

富弼〈觀罷走筆書後卷〉卷二十

詩人邵雍在春秋之際，常坐小車出門，偶去訪問足有疾而不便出門的富弼，二人相談甚歡，往往長聊至上燈時分，尚不能盡興，所以富弼曾告家人，堯夫來，無論何時即請入，交深交淺從這裡便可知曉。弼在觀罷《擊壤集》後所作絕句，評云：「先生全道略無遺」。蓋對堯夫深入相交相知之後所得的允論也。

三、王尚恭（王安之）、王尚吉（王松齋）

尚恭字安之（西元 1007 至 1084 年），其先萬年人，後家梁州，再遷河南。尚恭與弟尚吉，同登景祐元年進士。歷知芮城、陽武、緱氏諸縣，官至朝議大夫致仕。元豐七年卒，年七十八歲。

龍山或稱龍門山，在山西省河津縣田北，陝西省韓城縣東北，分跨黃河兩岸，形如門闕。由於兩岸石壁峭立，故風景秀美。邵雍和王尚恭在熙寧初年曾多次同遊。

觀《擊壤集》，最見邵雍對尚恭之眞誠。對於他不爲官的眞正緣故，尚恭是明白的，邵雍並非不願出仕，而是受推薦的時機不對。少年的邵雍，本願意出仕一展鴻圖，但苦無機緣。結果晚至近六十歲才被富弼、司馬光、王拱辰等舉薦，面對衰柳之軀，已有時不我予之憾。是故邵雍說：「貧時與祿是可受，老後得官難更爲。」（卷七）而他藉故推卻之理由通常有二，其一「林泉安素志」，其二「無才」。這二種理由，尚恭曾以知己的心情說「安是道梯階」，所以「林泉安素志」

的「安」其實是雍培養道業的根基，是另一種成就的要素。至於「無才」恐是假藉莊子「介於才與不才」之論免除落入人間世的陷阱。所以邵雍一生的安樂和閑適正是從令人捉摸不清的才華而來。另外還有一個私人的理由恐怕也是他早年未能出仕的因素，即邵雍自述：「曩日慈闈貪眷戀，多年官路不追求。」（卷十一）但這些種種世情，多半是世人誤落塵網的理由，而邵雍毫不涉入，這不得不佩服他對時機當否的遠見。至於王尚恭、富弼、司馬光等或致仕、或養病、或退隱而後方能體會邵雍的「靜中觀物動，閑處看人忙」（〈依韻和王安之六老詩〉卷十三）的心境。

尚恭致仕後居洛，與邵雍過從甚密，凡賞花、薦酒、飲茶、登山、文會、均頻頻偕伴。尚恭天津家也有小園一區，多種藥草，想必邵雍也曾去遊。

> 卻恐鄉人未甚知，相知深後又何疑。
> 貧時與祿是可受，老後得官難更爲。
> 自有林泉安素志，況無才業動丹墀。
> 荀楊若守吾儒分，免被韓文議小疵。
>
> 邵雍〈和王安之少卿韻〉卷七
>
> 生平有癖好尋幽，一歲龍山四五遊。
> 或往或還都不計，蓋無榮利可稽留。
>
> 邵雍〈和王安之少卿同遊龍門之一〉卷八
>
> 數朝從疑看伊流，夜卜香山宿石樓。
> 會有涼風開遠意，更和煙雨弄高秋。
>
> 邵雍〈和王安之少卿同遊龍門之二〉卷八
>
> 乘興龍山訪盡幽，恰如人在畫圖遊。
> 恨無美酒酬佳景，正欲留時不得留。
>
> 邵雍〈歸城中再用前韻之一〉卷八
>
> 初秋微雨造輕寒，倚遍東岑閣上欄。
> 不謂是時煙靄裏，松齋人作畫圖看。
>
> 邵雍〈歸城中再用前韻之二〉卷八松齋，安之弟

窩名安樂已詼諧，更賦新詩訟所乖。

豈以達爲賢事業，自知安是道梯階。

權門富室先藏跡，好景良朋亦放懷。

應照先生純粹處，肯揮妙墨記西齋。

　　　　　　　　王尚恭〈和安樂窩中好打乖吟〉卷九

疊巘如屏四面開，可堪虛使亂雲堆。

已曾同賞花無限，須約共遊山幾迴。

未老秋光詩擁筆，乍涼天氣酒盈盈。

輕風早是得人喜，更向芰荷深處來。

　　　　　　　　邵雍〈依韻答安之少卿〉卷十

上巳觀花花意穠，今年正與昔年同。

當時同賞知何處，把酒猶能對遠風。

　　　　　　　　邵雍〈上巳觀花思友人〉卷十一

近年好花人輕之，東君惡怒人不知。

直與增價一百倍，滿洛城春都買歸。

一株二十有四枝，枝枝皆有傾城姿。

又恐冷地狂風吹，盛時都與籍入詩。

　　　　　　　　邵雍〈戲呈王郎中〉卷十一

窩名安樂直堪哈，臂痛頭風接續來。

恰見安之便安樂，始知安是道梯階。

　　　　　　　　邵雍〈謝安之少卿用始知安是道梯階〉卷十一

人行一善已爲優，何況夫君百行修。

曩日慈闈貪眷戀，多年官路不追求。

官纏少列辜清德，職異上庠尊白頭。

洛社逾時阻相見，許多歡意欲還休。

　　　　　　　　邵雍〈依韻和王安之判監少卿〉卷十一

安之殊不棄堯夫，亦恐傍人有厚誣。

開叔當初言得罪，希淳在後說無辜。

　　　　　　　　邵雍〈依韻和王安之少卿見戲……〉卷十二

悄然情意都如舊，劇地盃盤又見呼。
始信歲寒心未替，安之殊不棄堯夫。

定國案：開叔、希淳即任開叔、李希淳

　　邵雍屢被薦舉，卻絕意仕進，朝廷內外頗有謗言雜音，即令好友鄉人，也頗不以為然，此處已經看出謠言四起，諸多責難的景況。詩人打定主意，不為所動，否則以衰老之軀難免遭受官場的折磨。另外宋朝中葉文字獄屢起，邵雍雖有富弼、司馬光等好友庇護，但為此無端受疑似無必要，所以詩人總是以詩闢謠解謗，行事穩重態度謹慎，致使詩意用筆亦常有婉轉含蓄的情形。

六老皤然鬢似霜，從心年至又非狂。
園池共避何妨勝，樽俎相歡未始忙。
杖履爛遊千載運，衣巾湛惹萬花香。
過從見率添成七，況復秋來亦漸涼。

六老相陪卿與郎，閑曹饒卻不清狂。
過從無事易成樂，職局向人難道忙。
煙柳嫩垂低更綠，露桃紅裛暖仍香。
乘春醉臥花陰下，恰到花陰別是涼。

六翁誰讓少年場，老不羞人任意狂。
同向靜中觀物動，共於閑處看人懷。
天心月滿蟾蜍動，水面風微菡萏香。
肯信人間有憂事？新醅正熟景初涼。

六人相聚會時康，著甚來由不放狂。
遍地園林同己有，滿天風月助詩忙。
文章高摘漢唐艷，騷雅濃薰李杜香。
水際竹邊閑適處，更無塵事只清涼。

六客同遊一醉鄉，又非流俗所言狂。
追遊共喜清平久，唱和爭尋驚策忙。
薦酒月陂林果熟，發茶金谷井泉香。
千年松下塵談塵，襟袖無風亦自涼。

見率野人成七老，野人惟解野疏狂。

編排每日清吟苦，趁辨遞年閒適忙。

夏末喜嘗新酒味，春初愛嗅早梅香。

問君何故須如此，不奈心頭一點涼。

林下狂歌不帖腔，帖腔安得謂之狂。

小車行處鶯花鬧，大筆落時神鬼忙。

門掩柴荊闉闍遠，牆開竇牖薜蘿香。

一般天下難尋物，洛浦清風拂面涼。

　　　　邵雍〈依韻和王安之少卿六老詩，及見率成七首〉，卷十三

寵辱見多惡足驚，出塵還喜自誠明。

閒中氣象乾坤大，靜處光陰宇宙清。

素業經綸無少愧，全功天地不虛生。

野人何幸逢昌運，一百餘年天下平。

　　　　　邵雍〈依韻和王安之少卿、謝富相公詩〉卷十三

焦勞九夏餘，一雨物皆蘇。蛙鼓不足聽，蚊雷未易驅。

非唯仰歲給，抑亦了官輸。林下閒遊客，何妨儘自愉。

　　　　　　　　邵雍〈和王安之少卿雨後〉卷十六

春夏而來可作詩，雖然可作待何爲。

屢空濫得同顏子，歷物固難如惠施。

風月情懷無奈處，雲山意思不勝時。

一歌一詠聊酬唱，敢拒安之與靜之。

　　　　　　　　邵雍〈和王安之少卿秋遊〉卷十六

後房深出會親賓，樂按新聲妙入神。

紅燭盛時翻翠袖，畫橈停處占青蘋。

早年金殿舊遊客，此日鳳池將去人。

宅冠名都號蝸隱，邵堯夫敢作西鄰。

　　　　　邵雍〈和王安之同赴府尹王宣徽洛社秋會〉卷十六

升沈惡足論，事體到頭均。一片蓬蒿地，千年雲水身。

收成時正好，寒暖氣初勻。自此過從樂，諸公莫厭頻。

　　　　　　　邵雍〈依韻和王安之少卿秋約吟〉卷十六

小園新茸不離家，高就崗頭低就窊。

洛邑地疑偏得勝，天津人至又非賒。

宜將閬苑同時語，莫共桃源一道誇。

聞說一軒多種藥，只應猶欠紫河車。

邵雍〈和王安之小園五題〉卷十九

邵雍所稱「林下狂歌不帖腔」就是指寫詩不願受制於格律。此處的格律，以爲不是講音韻，而是詩體的拘範。我們分析《擊壤集》頻見新體，雖平仄偶有扞隔，押韻大抵合宜，足見詩人最想要改變的地方是創新體例。從王尚恭兄弟與詩人往來的唱和看來，數量極多，交情與交游一如富弼和司馬光之深。詩人這些應酬詩，行筆採用大量俚語俗字，呈現出自然清爽的民歌風采。

四、王拱辰（王君貺）

王拱辰（西元 1012 至 1085 年），字君貺，河南開封人，仁宗天聖八年進士。慶曆元年爲翰林學士，知審官院。皇祐間出知鄭州，徙澶、瀛、并諸州。至和三年拜三司使。英宗治平二年，知大名府。神宗熙寧四年判河陽。元豐八年卒，年七十四歲，文集七十卷已佚。拱辰科名爲進士第一人，自應熱衷名利。雍集中只有一首拱辰詩，其中一句「少微今已應星文」是策勵功名的應酬話。而另有二句「了心便是棲眞地，何必煙霞臥白雲。」雖說是眞實語言，但顯得其與雍的心性不是十分貼切契心。所以從雍給拱辰的作品也同樣地反映出交情非厚之感。熙寧中，拱辰曾以河南府尹身份薦舉雍爲遺逸，而雍也多次赴府尹所主持之洛社聚會，兩人交往，多具有官民應酬的味道。

嘉祐壬寅歲，新巢始屛功。仍分道德里，更近帝王宮。

檻仰端門峻，軒迎兩觀雄。窗虛響瀍澗，臺迥璨伊嵩。

好景尤難得，昌辰豈易逢。無才濟天下，有分樂年豐。

水竹腹心裏，鶯花淵藪中。老萊歡不已，靖節興何窮。

嘯傲陪眞侶，經營賀府公。丹誠徒自寫，匪報是恩隆。

邵雍〈天津新居成謝府尹王君貺尚書〉卷四

林下居雖陋，花前飲卻頻。世間無事樂，都恐屬閒人。

邵雍〈寄三城王宣徽二首之一〉卷八

路上塵方坌，壺中花正開。何須頭盡白，然後賦歸來。

邵雍〈寄三城王宣徽二首之二〉卷八

自有吾儒樂，人多不肯循。以禪爲樂事，又起一重塵。

邵雍〈再答王宣徽之一〉卷八

大達誠無礙，人人自有家。假花猶入念，何者謂眞花。

邵雍〈再答王宣徽之二〉卷八

安樂窩中名隱君，腹藏經笥富多聞。

一塵水竹爲生計，三徑琴觴混世紛。

婉畫舊嘗辭幕府，少微今已應星文。

了心便是棲眞地，何必煙霞臥白雲。

王拱辰〈和安樂窩中好打乖吟〉卷九

一室可容身，四時長有春。何嘗無美酒，未始絕佳賓。

洞裏賞花者，天邊泛月人。相逢應有語，笑我太因循。

邵雍〈一室吟〉卷十原注「天邊泛月人」：君貺也，宅中有樓。

一字詩中義未分，少微今已應星文。

閑人早是無憑據，更與閑人開後門。

邵雍〈謝君貺宣徽用少微今已應星文〉卷十一

自得花枝向遠鄰，只憂輕負一番春。

無何寵貺酒雙榼，少室山人遂不貧。

邵雍〈謝判府王宣徽惠酒〉卷十三

留都三判主人翁，大第名園冠洛中。

又喜一年春入手，萬花香照酒梔紅。

邵雍〈王宣徽席上作之一〉卷十五

紛紛又過一年春，牢落情懷酒漫醇。

滿眼暄妍都去盡，樽前惟憶舊交親。

邵雍〈王宣徽席上作之二〉卷十五

王拱辰，曾任宣徽北院使，故世人以官名爲號，稱之王宣徽。富

弼與王拱辰均緣時尚，著迷禪宗，欲拉攏邵雍入教，邵雍屢次婉拒，將禪宗樂趣以假花喻之。是時邵雍對自己儒、道兼備的人生態度已十分堅定。

五、宋郎中（商守）

宋郎中，來歷不詳，頗疑是宋綬之子，宋敏求或宋敏修；曾爲商州太守。商山又名南山，在商州。商州在陝西商縣附近。嘉祐五年雍五十歲與商守宋郎中共遊南山和天柱山。雍以五十歲的壯年仍然深喜遊山玩水，而商守對待「不將生殺奏嚴宸，卻抱煙嵐竹學隱淪（卷二）」的邵雍十分真心招待，盡情盡意，使得雍回洛城後猶寄詩致候。《擊壤集》又有宋都官、宋推官不知是否同一人，古人詩題如此模棱，今後來研究的人，辛苦不已。如果前後係同一人，二者之情誼非薄，似經得起時間和名勢的考驗。這裡有幾首詠物詩，邵雍寫得十分出色。他以「角中飄去淒於骨，笛裡吹來妙入神」詠梅花的風神卻借角笛的伴奏爲媒介，寫法新穎。又詠雪以「形如玉屑依還碎，體似楊花又更輕」自描雪花的觸感相當具象。可惜集中詩歌都是邵雍唱和之作，而不見宋郎中的原作，難窺宋氏之詩之妙，茲可惜也。最可愛的是惠贈邵雍白牛的宋推官，相信詩人以白牛駕小車而出的情形在當年是蠻驚世駭俗的。

> 山南地似嶺南溫，臘月梅開已決辰，
> 恥與百芯爭俗態，獨殊群艷占先春。

> 角中飄去淒於骨，笛裏吹來妙入神，
> 秀額粧殘黏素粉，畫梁歌暖起輕塵。

> 宰君惜艷獻州牧，太守分香及野人，
> 手把數枝重疊嗅，忍教芳酒不濡唇。

> 邵雍〈和商守宋郎中早梅〉卷二

> 西樓賞雪眼偏明，次第身疑在水晶，
> 千片萬片巧粧地，半舞半飛斜犯楹。

形如玉屑依還碎，體似楊花又更輕，
誰謂天下有羈客，一般對酒兩般情。
邵雍〈和商守登樓看雪〉卷二

大雪初晴日半曛，高樓何惜上仍頻，
數峰峭崒劍鋩立，一水縈紆冰縷新。
崑嶺移歸都是玉，天河落後盡成銀，
幽人自恨無佳句，景物從來不負人。
邵雍〈和商守西樓雪霽〉卷二

殘雪已消冰已開，風光漸覺擁樓臺，
旅人未遂口邊去，春色又從天上來。
況是樽中常有酒，豈堪嶺上卻無梅，
若非太守金蘭契，誰肯傾心重不才。
邵雍〈和商守雪殘登樓〉卷二

雪滿群山霜滿庭，光寒月硯一輪輕，
羈懷殊少鄉時樂，皓彩空多此夜明。
竹近簾櫳饒碎影，風涵臺榭有餘清，
恨無好句酬佳景，徒自淒涼夢不成。
邵雍〈和商守雪霽對月〉卷二

百尺危樓小雪晴，晚來閒望逼人清，
山橫暮靄高還下，水隔疎林淡復明。
天際落霞千萬縷，風餘殘角兩三聲，
此時此景真堪畫，只恐丹青筆未精。
邵雍〈和商守雪霽登樓〉卷二

衰軀在旅逢新歲，因感平生贅易凋，
飲罷襟懷還寂寞，歡餘情緒卻無聊。
望仙風月情偏好，抹綠簾櫳夜正遙，
對此塊然唯土木，降茲未始不魂銷。邵雍〈和商守新歲〉卷二

商於飛到一符新，遂已平生分外親，
尤喜紫芝先入手，西南天柱與天鄰。
邵雍〈謝商守宋郎中寄到天柱山戶帖仍依原韻之一〉卷二

初心本欲踐臣鄰，商里司回斗柄春，
今日得居天柱下，不憂先有夜行人。

邵雍〈謝商守宋郎中寄到天柱山戶帖仍依原韻之二〉卷二

不將生殺奏嚴宸，卻抱煙嵐學隱淪，
多謝使君虛右席，重延天柱一山人。

邵雍〈謝商守宋郎中寄到天柱山戶帖仍依原韻之三〉卷二

一簇煙嵐鎖亂雲，孤高天柱好棲眞，
從今便作西歸計，免向人間更問津。

邵雍〈謝商守宋郎中寄到天柱山戶帖仍依原韻之四〉卷二

無成麋鹿久同群，占籍恩深荷使君，
萬古千今名與姓，得隨天柱數峰存。

邵雍〈謝商守宋郎中寄到天柱山戶帖仍依原韻之五〉卷二

初返洛城無限事，閒人體分似相違，
如今一向覺優逸，卻類商顏嘯傲時。

邵雍〈寄商守宋郎中〉卷二

小園雖有四般梅，不似江南迎臘開。
長恨東君少風韻，先時未肯放春來。

邵雍〈和宋都官乞梅〉卷八

洛邑從來號別都，能容無狀久安居。
眾蚊多少成雷處，一拂何由議掃除。

邵雍〈依韻和宋都官惠稷拂子〉卷九

毛如霜雪眼如朱，耳角方齊三尺餘。
狀異不將耕曠土，性馴宜用駕安車。
水邊牧處龍能擾，月下牽時兔可驅。
從此洛陽圖幀上，丹青人更著功夫。

邵雍〈謝宋推官惠白牛〉卷十三

六、王益柔（王勝之）

益柔，字勝之（西元 1015 至 1086 年）河南洛陽人。以蔭為官，久之，官至開封府推官，兩浙及京東西轉運使。神宗朝累官至龍圖閣

直學士，知蔡、揚、亳州、江寧府、應天府。哲宗元祐元年卒。

　　益柔爲王曙之子，家世顯赫。從二人交往過程，見益柔所惠贈萊石製成之玻璃茶器、酒器、文房四寶、金雀石硯等物，多係珍品，見惠賜之重。對於益柔出兵衛土之功，邵雍固深深欲羨。其後益柔任官河南，與雍往來，有洛陽西園共賞芍藥之舉。分析兩人互讚之詞，益柔云：「愛君居貧趣閑放，一語不涉青雲梯。」（卷七），而雍云：「國士有詩偏雅處，晴窗氣暖墨花春。」倒見彼此有相當程度的了解，交情非泛泛也。

> 寶刀切石如春泥，雕剜成器青玻璃，
> 吾嘗閱視得而有，惜不自用長提攜。
>
> 前時過君銅駝陌，門巷深僻無輪蹄，
> 呼兒烹茶酌白酒，陶器自稱藋與藜。
>
> 愛君居貧趣閑放，一語不涉青雲梯，
> 蹉予都城走塵土，日遠樽杓愁鹽齏。
>
> 緘封不啓置墻角，頓撼時作瓊瑤嘶，
> 爭如特寄邵高士，書帙几杖同幽棲。
>
> 荷鋤膦治田間穧，抱甕勤灌園蔬畦，
> 明年春酒或共酌，爲我掃石臨清溪。

王益柔〈萊石茶酒器寄邵先生作詩代書〉卷七

> 東山有石若瓊玖，匠者追琢可盛酒，
> 君子得之惜不用，懃懃遠寄林下叟。
>
> 林叟從來用瓦盞，驚惶不敢擎上手，
> 重誡兒童無損傷，緘藏復以待賢友。
>
> 未知賢友何時歸，男子功名未成就，
> 朝廷先從憂者言，方今急務二敵首。
>
> 漢之六郡限遼西，唐之八州隔山後，
> 自餘瓜沙甘與涼，中原久而不能有。
>
> 奈何更餌以金帛，重困吾民猶掣肘，
> 若非堂上出奇兵，安得閫外拉餘朽。

直可逐去此曹輩，西出玉門北逾口，
城下狐狸既不存，路上豺狼自無走。

太陽烜赫耀天衢，氛妖接變匿塵垢，
功成不肯受上賞，印解黃金大于斗。

乞洛辭君出國門，歸鞍暖拂天街柳，
千官如壁遮道留，仰面弄鞭不回首。

鄉人夾路迎大尹，醉擁旌幢錦光溜，
下車拜墓還政餘，不訪公門訪親舊。

始知此器用有時，吾當爲君獻眉壽。

邵雍〈代書謝王勝之學士寄萊石茶酒器〉卷七

此物揚州素所聞，今于洛汭特稱珍。
雅知國色喜移物，更著天香暗結人。
欲殿群芳仍占夏，得專奇品不須春。
日斜立馬將歸去，再倚朱欄看一巡。

邵雍〈同王勝之學士轉運賞西園芍藥〉卷九

銅雀或常聞，未嘗聞金雀，始愧林下人，識物不甚博。
金雀出何所，必出自靈嶽，剪斷白雲根，分破蒼岑角。
既爲之巨硯，遂登于綸閣，水貯見溫潤，墨發知瀿濯。
窗下喜鑑開，案前驚月落，見贈何懇懃，欲報須和璞。
胡爲不且留，洪化用斟酌，胡爲不且留，賢人用選擢。
胡爲不且留，姦人用誅削，胡爲不且留，生靈用安泊。
則予何人哉，拜眺徒驚矍，須是筆如椽，方能無厚怍。

邵雍〈王勝之諫議見惠文房四寶內有巨硯尤佳因以謝之〉卷十四

硯名金雀世難倫，用報慚無天下珍，
國士有詩偏雅處，晴窗氣暖墨花春。

邵雍〈再用晴窗氣暖墨花春謝王勝之諫議惠金雀硯〉卷十四

固窮終不悔沉淪，滿腹深藏上古珍，
手寫新詩成幾卷，亦教餘事照千春。

王益柔〈奉和堯夫〉卷十四

般陽有山名金雀，山發清輝產奇璞，
望氣嘗言玉寶藏，賈胡幾遣良工度。

金剛寶鑽競窮搜，百里青蒼困鑱鑿，
瓊塊未獲得研材，溫潤還將六美學。

有若玉徽琴面瑩，有如金彈陶輪著。
規天矩地形制毓，中或砥流外圭角。

晴窗氣暖墨花春，棧擘毫奔光照灼，
吾生嗜好惟四物，累載哀鳩盈機格。

先生閉戶日著書，朝餐每不饜藜藿，
高閎梁肉雖有餘，熟敢就門覷隱約。

先生固自嘗有言，不忍將身作溝壑，
先生崖岸高莫攀，持此謂宜無見卻。

一留爲惠固已多，敢冀新詩旋踵作，
精深雅健迫風騷，使我憂荒忽驚矍。

還如甘露醒心昏，更似神篦除眼膜，
先生精義已入神，準易時容見涯略。

王益柔〈奉答堯夫先生金雀石硯詩〉卷十四

七、李復圭（李審言）

復圭，字審言，徐州豐縣人。仁宗康定二年（西元1041年）賜同進士出身。歷知桐州涇州、湖北、兩浙、淮南、河南、陝西、成都轉運使。熙寧初知慶州，後謫保靜軍節度副使，知光代軍。五年，權制吏部流內銓，出知曹、蔡、蒼州。元豐年間卒於知荊南任上。復圭臨事敏決，與人交不較利害，惟輕率急躁。獨受知於王安石，旋起旋廢。

邵雍對復圭云：「唯有軒堪靜坐，臨風想望舊知音。」足見邵雍之深情。但在雍之晚年是否二人曾有誤會，不得詳知。惟見雍所作〈蒼蒼吟〉（卷八）和〈寄曹州李審言詩〉（卷十二）曾提及今昔是非之論。以邵雍個性之豁達，實無欲與人結怨，但此處不得不懷疑雍作此詩頗有辨白兩人之間是非糾葛的作用，亦解世人之謗毀也。

年年長是怕春深，每到春深病不任。

傷酒情懷因小會，養花天氣爲輕陰。

歲華易華向來事，節物難迴老去心。

唯有前軒堪靜坐，臨風想望舊知音。

邵雍〈暮春寄李審言龍圖〉卷六

萬樹瓊花一夜開，都和天地色皚皚。

素娥腰細舞將徹，白玉堂深曲又催。

寶牀書生方挾策，沙場甲士正銜枚。

幽人骨廋欲清損，賴有時時酒一盃。

邵雍〈和李審言龍圖大雪〉卷八

一般顏色正蒼蒼，今古人曾望斷腸。

日往月來無少異，陽舒陰慘不相妨。

迅雷震後山川裂，甘露零時草木香。

幽暗巖岸生鬼魅，清平郊野見鸞鳳。

千花爛爲三春雨，萬木凋因一夜霜。

此意分明難理會，直頭賢者入清詳。

邵雍〈蒼蒼吟寄答曹州李審言龍圖〉卷八

碧落青嵩刮眼明，馬頭次第似相迎。

天街高士還知否，好約南軒醉一觥。

李復圭〈行至龍門先寄堯夫先生〉卷九

萬里秋光入坐明，交情預喜笑相迎。

菊花未服重陽過，如待君來泛巨觥。

邵雍〈和李審言龍圖行次龍門見寄〉卷十二

曏日所云我，如今卻是伊。曏日所云是，如今卻是非。

安知今日是，不起後來疑。不知今日我，又是後來誰。

邵雍〈寄曹州李審言龍圖〉卷十二

八、王愼言（王謹言，王不疑）；王愼行、王愼術

王愼言（西元 1011 至 1087 年）、愼行、愼術三兄弟皆從邵雍遊。

雍自三十八、九歲遷洛之後，對人世紛如、宦場恩怨毫不動心。所以雍云：「人間浪憂事，都不到心頭。」（卷七）雍每天的生活是「食罷有時尋蕙圃，睡餘無事訪僧家。」雍與王氏三兄弟交遊的情形，往往有寓教於遊的味道，故詩篇中亦友亦師的訓誨之詞經常可見。如：「忘形終夕樂，失腳一生休。」又如：「以平爲樂乔知分，待足求安恐未涯。」均顯示有教導的用心。雖說如此，「長是思君共煮茶」、「白首交情重」，仍見許多友誼的情分。而邵詩中又提到「寂寞西風裏，身閑半古人」，將詩人負抱期許的寂寞、屈抑，有相當程度的吐露。

> 二十年來住洛都，眼前人事任紛如。
> 形同草木何勝野，心類鍾彝不啻虛。
> 已沐仁風深骨髓，更驚詩思劇瓊琚。
> 莊周休道虧名實，自是無才悅眾狙。
> 邵雍〈和王不疑郎中見贈〉卷六

> 不把憂愁累物華，光陰過眼疾如車。
> 以平爲樂乔知分，待足求安恐未涯。
> 食罷有時尋蕙圃，睡餘無事訪僧家。
> 天津風月勝他處，長是思君共煮茶。
> 邵雍〈依韻和王不疑少卿見贈〉卷六

> 經難憶浮邱，吾鄉足勝遊。風前驚白髮，雨後喜新秋。
> 仕宦情雖薄，登臨興未休。人間浪憂事，都不到心頭。
> 邵雍〈依和王不疑少卿招飲〉卷七

> 乍涼天氣好，何處不堪遊。鴻雁來賓日，鷹鸇得志秋。
> 忘形終夕樂，失腳一生休。多少江湖上，舟舡未到頭。
> 邵雍〈再和王不疑少卿見贈〉卷七

> 洛中詩有社，馬上句如神。白首交情重，黃花節物新。
> 見過心可荷，知愧道非淳。寂寞西風裏，身閑半古人。
> 邵雍〈依韻和三王少卿同過敝廬〉，王安之、王不疑、王中美，卷七

九、祖無擇（祖擇之）

祖無擇（西元 1011 至 1085 年），字擇之。河南上蔡人。仁宗景祐五年進士，歷知海州、袁州、陝府，遷湖北轉運使、中書舍人。英宗治平二年加龍圖閣直學士，權知開封府，又知鄭、杭二州。熙寧三年謫忠正軍節度副使，元豐六年分司西京御史台。八年卒，年七十六。

祖氏與雍同甲申，且略長雍二十七日。在祖氏中進士之前（景祐三年）兩人曾在海東相逢共飲，十年後一人官場得意一人清閒自在。再二十年，祖氏過嵩洛，與雍同遊洛社。邵雍說：「無怨可低眉，有歡能抵掌。交情日更深，道義久相尚。」正是二人交情的明白寫照。洛陽會社在當時追求儉素質樸，率性所行的價值取向是頗能影響文壇的風氣，邵詩與洛社的互動關係，從他的詩作中往往可以查覺的。

記得相逢否，尚時在洛東。別望千里外，倏忽十年中。

跡異名尤異，心同齒更同。終期再清會，交酒樂無窮。

邵雍〈寄陝守祖擇之舍人〉卷五

恩深骨髓謂慈親，義重邱山是故人。

歸過嵩陽舊遊地，白雲收得薜蘿身。

邵雍〈歸洛寄鄭州祖擇之龍圖〉卷五

吾家職分是雲山，不見雲山不解顏。

遊興亦難拘日阻，夢魂都不到人間。

煙嵐欲極無涯樂，軒冕何嘗有暫閒。

洛社交朋屢相約，幾時曾得略躋攀。

邵雍〈和祖龍圖見寄〉卷五

三十年交舊，相逢各白頭。海壖曾共飲，洛社又同遊。

脫屣風波地，開懷松桂秋。兩眉從此後，應不著閒愁。

邵雍〈代書寄祖龍圖〉卷九

祖兄同甲申，二十七日長。無怨可低眉，有歡能抵掌。

交情日更深，道義久相尚。但欠書丹人，黃金八百兩。

邵雍〈代書戲祖龍圖〉卷十

十、程珦、程顥（程伯淳；明道先生）、程頤（程正叔；伊川先生）

　　程氏父子三人與雍交往甚久。程珦（西元 1006 至 1090 年），河南人。忌寧法行，珦抗議未便，即移疾歸，元祐五年卒，年八十。長子程顥（西元 1032 至 1085 年），字伯淳。顥資性過人，而充養有道，待人和氣，門人交友從遊數十年，未嘗見其忿厲之容，惜年壽未永，元豐八年卒，年五十四。顥之弟，程頤，字正叔。頤容色過於端莊，邵雍臨死前以手勢勸其心胸徑路要寬廣，後頤活至七十五歲，卒於大觀元年，應已受教矣。程氏父子三人，性格大差異。程珦，豁開朗，雍以兄事之（聞見前錄卷十五）。其子程顥，為人清和。弟程頤則嚴峻，屢遭非議。顥與頤同師事周敦頤，且皆與雍遊，每有議論，顥心相契，苦無所問，而頤則言詞機鋒，時有往復，故雍嘗謂顥曰：「非助我者。」（聞見前錄卷十五）可見雍殊喜顥，故雍之葬，長子伯溫獨請顥作墓誌銘焉。

　　以彼此皆為理學家的身份而言，雍之思想、行誼程氏父子最是明瞭。熙寧六年秋天雍與程氏父子月陂上閑步，雍一改素日優游之態，細述平生學術出處，程頤以為豪傑之論，惜無所用於世。顥又將雍比作顏回、伯夷，而說：「陋巷一生顏氏樂，清風千古伯夷貧。」（《擊壤集》卷九）又說：「時止時行皆有命，先生不是打乖人。」（《擊壤集》卷九）真乃雍之知音也。

　　　年年時節近中秋，佳水佳山熳爛遊。
　　　此際歸期為君促，伊川不得久遲留。
　　　　　　　　　　　　邵雍〈思程氏父子兄弟因以寄之一〉卷五
　　　氣候如當日，山川似舊時。獨來還獨往，此意有誰知。
　　　　　　　　　　　　邵雍〈思程氏父子兄弟因以寄之之二〉卷五
　　　草軟沙平風細溜，雲輕日淡柳低萎。
　　　狂言不記道何事，劇飲未嘗如此盃。
　　　景好只知閑信步，朋歡那覺太開懷。

必期快作賞心事，卻恐賞心難便來。

邵雍〈同程郎中父子月陂上閑步吟〉卷十二

先生相與賞西街，小子親持几杖來。

行處每容參極論，坐隅還許侍餘盃。

檻前流水心同樂，林外青山眼重開。

時泰心閑難兩得，直須乘興數追陪。

程顥〈和堯夫先生〉卷十二

月陂堤上四徘徊，北有中天百尺臺。

萬物已隨秋色改，一樽聊爲晚涼開。

水心雲影閑相照，林下泉聲靜自來。

世事無端何足計，但逢嘉日約重陪。

程顥〈和堯夫先生〉卷十二

打乖非是要安身，道大方能混世塵。

陋巷一生顏氏樂，清風千古伯夷貧。

客求妙墨多攜卷，天爲詩豪剩借春。

儘把笑談親俗子，德容猶足畏鄉人。

程顥〈和安樂窩中打好乖吟之一〉卷九

聖賢事業本經綸，肯爲巢由繼後塵。

三幣未回伊尹志，萬鍾難換子輿貧。

且因經世藏千古，已占西軒度十春。

時止時行皆有命，先生不是打乖人。

程顥〈和安樂窩中打好乖吟之二〉卷九

經綸事業須才者，燮理功夫有巨臣。

安樂窩中閒偃仰，焉知不是打乖人。

邵雍〈謝伯淳察院用先生不是打乖人〉卷十一

彥國之言鋪陳，晦叔之言簡當；

君實之言優游，伯淳之言調暢。

四賢洛陽之名望，是以在人之上；

有宋熙寧之間，大爲一時之壯。

邵雍〈四賢吟〉卷十九定國案：第五句「名望」之「名」字衍。

先生非是愛吟詩，爲要形容至樂時。

醉裏乾坤都寓物，閒來風月更輸誰？

死生有命人何預，消長隨時我不悲。

直對希夷無事處，先生非是愛吟詩。程顥〈和首尾吟〉卷二十

嚴親出守劍門西，色養歡深世表儀。

唐相規模今歷歷，蜀民遨樂舊熙熙。

海棠洲畔停橈處，金雁橋邊立馬時。

料得預憂天下計，不忘君者更爲誰？

邵雍〈代書寄程正叔〉卷八

先生高臥洛城中，洛邑簪纓幸所同。

顧我七年清渭上，並遊無侶又春風。

張載〈詩上堯夫先生兼寄伯淳正叔之一〉卷十九

病肺支離恰十春，病深樽俎久埃塵。

人憐舊病新年減，不道新添別病新。

張載〈詩上堯夫先生兼寄伯淳正叔之二〉卷十九

　　邵雍雖以開懷閒樂安身陋巷，但並不是真的要隱居，而是怡養道業，奠定濟世的修爲，所以程顥說：「道大方能混世塵」。顥又說：「時止時行皆有命」真的了解邵雍的處境，其實也體悟到自家兄弟的處境。在有宋一世，時空氣數已定，事實上已經不容易有奇才的發展餘地。

十一、任逵（任開叔）

　　任逵，字開叔，官司封、郎中。熙寧六年，任逵昆仲聯轡訪邵雍於天津竹林安樂窩宅，這是邵雍詩集中送給任氏兄弟文字敘述較詳細的一首詩。然而詩中感激謝任氏兄弟給予之寵褒，如：「寵莫兼金比，褒逾華袞多」實爲客套之言。還不如晚年給任逵的另一首詩，直抒「更上一層情未快，思君不見見喬嵩。」更具真摯情感。而任逵看待邵雍又如何？任逵說：「有名有守同應少，無事無求得最多。……能拋憂責忘勞外，不縱逍遙更待何？」觀此數句，知逵對於雍之了解仍然不深，猶存皮相之見也。而且任氏兄弟與邵雍之間疑曾有謗毀牽連，但

是觀察後續的詩篇，已知邵雍性格寬容，似誤會冰釋，應已絲毫不計較者也。

> 安樂先生醉便歌，莊篇徒爾說焚和。
> 有名有守同應少，無事無來得最多。
> 勝處林泉供放適，清時風月助吟哦，
> 能拋憂責忘勞外，不縱逍遙更待何。
>
> 任逵〈和安樂中好打乖吟〉卷九
>
> 客問人間事若何？堯夫對曰不知它。
> 居林之下行林下，無事無求得最多。
>
> 邵雍〈謝開叔司封用無事無求得最多〉卷十一
>
> 竹影戰棋罷，閒思安樂窩。曠時稱不見，聯轡幸相過。
> 寵莫兼金比，褒逾華袞多。從來有詩癖，使我遂成魔。
>
> 邵雍〈答任開叔郎中昆仲相訪〉卷十
>
> 王侯貴盛不勝言，圖畫中山得一觀。
> 不似夫君行坐看，貪嵩又更愛天壇。
>
> 邵雍〈依韻和任司封見寄吟之一〉卷十五
>
> 高樓百尺破危空，天淡雲閒看帝功。
> 更上一層情未快，思君不見見喬嵩。
>
> 邵雍〈依韻和任司封見寄吟之二〉卷十五
>
> 辭麾來此住雲霄，聞健登臨肯憚勞。
> 紫陌事多都不見，家山圍遠是嵩高。
>
> 邵雍〈依韻和任司封見寄吟之三〉卷十五
>
> 夫君惠我逍遙枕，恐我逍遙蹟未超。
> 形體逍遙終未至，更知魂夢與逍遙。
>
> 邵雍〈依韻謝任司封寄逍遙枕吟〉卷十六

十二、吳充（吳沖卿），吳安詩（吳傳正）

吳充（西元 1031 至 1080 年），字沖卿，建州浦城人。進士出身，熙寧中代王安石爲相，因乞召還司馬光等十餘人。元豐三年，年六十，

卒。充長子吳安詩（西元 1048？至 1103？）字傳正。有賢行。以蔭入官，曾任左藏寺丞、禮部員外郎、右司諫、天章閣待制、中書舍人、起居舍人等職，熙寧元年入黨籍。吳充位高權重，對於邵雍也有憐才之眷，只是雍對於得失之心早已無動於衷。世人之得失，非雍之得失，故是邵雍說得十分明白：「失即肝脾爲楚越，得之藜霍是膏梁。」此聯確爲警世之箴言。而雍處人間世的態度爲何？雍曾答：「爭如自得者，與世善浮沈。」只是「與世善浮沈」尚須器識要高，橫在心中有把尺，否則不當浮而浮，不當沈而沈，皆非確理。

　　吳傳正弱冠即與邵雍遊，那時「敦篤情懷世所稀」，但是傳正在東都襲官之後，二人僅能詩酬往來，要見面畢竟不容易，所謂「昔年今日事難追」，誠不虛也。邵雍云：「因思偊女忘古今，逐悟輪人致疾徐」這裡暗用《莊子・天道篇》〈天運篇〉的典故，偊女不能應時而變，輪扁不徐疾方是待機應時之道。君臣若不得，萬端皆枉然。

從此天津南畔景，不教都屬邵堯夫　　　　　　吳傳正，卷五

非有非無是祖鄉，都來相去一毫芒。

人人可到我未到，物物不妨誰與妨。

夫即肝脾爲楚越，得之藜霍是膏梁。

一言千古難知處，妙用仍須看呂梁。

邵雍〈和吳沖卿省副見贈〉卷六

上陽光景好看書，非象之中有坦途。

良月引歸芳草渡，快風飛過洞庭湖。

不因赤水時時往，焉有黃芽日日娛。

莫道天津便無事，也須閒處著功夫。

邵雍〈丁未八月二十五日依韻和左藏吳傳正寺丞見贈〉卷五

敦篤情懷世所稀，昔年今日事難追。

雪霜未始寒無甚，松桂何嘗色暫移。

洛邑士人雖我信，天津風月只君知。

夢魂不悟東都遠，依舊過從似舊時。

邵雍〈代書寄吳傳正寺丞〉卷七

天津風月一何孤，似我經秋相憶無。
每仗晴波寄聲去，不知曾得到東都。

邵雍〈寄吳傳正寺丞〉卷七

五十年來讀舊書，世人應笑我迂疏。
因思偶女忘今古，遂悟輪人致疾徐。
道業未醇誠可病，生涯雖薄敢言虛。
時和受賜已多矣，安有胸中不晏如。

邵雍〈依韻和吳傳正寺丞見寄〉卷九

洛陽城裏一愚夫，十許年來不讀書。
老去情懷難狀處，淡煙寒月映松疏。

邵雍〈答和吳傳正贊善二首之一〉卷十八

樂靜豈無病，好賢終有心。爭如自得者，與世善浮沈。

邵雍〈答和吳傳正贊善二首之二〉卷十八

十三、邵　睦

　　邵睦（西元 1036 至 1068 年），邵雍之異母弟，兄弟二人年齡相去二十四歲，但情義深篤。熙寧元年初夏四月八日，睦無疾而終，年三十二歲。雍爲之一改平素平和心性，遂陷入一段淒苦心境。雍睦手足情深平居出入常留一人顧家。邵家稚子四人，經常相逐，在爺爺奶奶跟前戲娛綵衣。雍僅有二子伯溫、仲良，疑睦亦遺有二子。雍與睦平居常迎風晚步，去年初夏尚同聽杜鵑啼鳴，今年夏天往事頓成空，並肩行處今已影單形孤，難怪邵雍要說：「不知腸有幾千尺，不知淚有幾千斛。斷盡滴盡無奈何，曩日恩光焉可贖？」睦死，是年雍五十八歲，有頭風的毛病，而睦在幼年時與兄長曾共同經歷一段苦難艱難的歲月，今日家境小康，手足方才情多。不料，雍父年前除夕甫遭物化，而睦弟今年也物故，前後繼仆，萬般親情皆落空。邵雍難得悲傷，父死固然情傷，弟壽不永，更是傷心。

不知何鐵打成針，一打成針只刺心，

料得人心不過寸，刺時須刺十分深。　　邵雍〈傷心行〉卷六

手足深情不可忘，割心猶未比其傷，

急難疇昔爾相濟，終鮮如今我遂當。

韡韡棣開無並萼，邕邕鴈去破初行，

自茲明月清風夜，蕭索東籬看斷腸。

（二弟殯東籬下，後得渠重九詩云：「衣如當月白，花似昔年黃，擬

　問東籬事，東籬事渺茫」語類讖。）

　　　　　　　　　　　　　　邵雍〈傷二舍弟無疾而化二首之一〉卷六

腸斷東籬何所尋，東籬從此事沉沉，

並肩行處皆成往，弔影傷時無似今。

清淚已乾情莫極，黃泉未到恨非深，

不知何日能銷盡，三十二年雍睦心。

　　　　　　　　　　　　　　邵雍〈傷二舍弟無疾而化二首之一〉卷六

兄既名雍弟名睦，弟兄雍睦情何足，

居常出入留一人，奉親教子如其欲。

慈父享年七十九，四人稚子常相逐，

其間同戲綵衣時，堂上愉愉歡可掬。

慈父前生忽傾逝，爾弟今年命還促，

獨予奉母引四子，日對几筵相向哭。

不知腸有幾千尺，不知淚有幾千斛，

斷盡滴盡無奈何，繄日恩光焉可贖。

　　　　　　　　　　　　　　　邵雍〈傷二舍弟無疾而化又一首〉卷六

手足恩情重，塤箎歡樂長，要知能忘處，墳草兩荒涼。

　　　　　　　　　　　　　　　　　　邵雍〈又一絕〉卷六

嘗憶去年初夏時，與爾同聽杜鵑啼，

杜鵑今年又復至，還是去年初夏時。

禽鳥亦知人意切，一聲未絕一聲悲，

腸隨此聲既已斷，魂逐此禽何處飛。

　　　　　　　　　　　　　　　　邵雍〈聽杜鵑思亡弟〉卷六

後乎吾來，先乎吾往，當往之初，殊不相讓。

邵雍〈書亡弟殯所〉卷六

南園之南草如茵，迎風晚步清無塵，

不得與爾同歡欣，又疑天上有幾雲。

一片世間來作人，飄來飄去殊無因。

邵雍〈南園南晚步思亡弟〉卷六

天無私覆古今同，手足情多驟一空，

五七年來併家難，六十歲許更頭風。

常情不免順世俗，私計固難專僕童，

安得仙人舊槎在，伊川雲水樂無窮。　邵雍〈自惕〉卷六

十四、秦玠（秦伯鎮）

秦玠，字伯鎮。從邵雍遊。元符初，為朝奉郎知溫州，歷官至尚書刑部郎中、兵部郎中。邵雍寄秦伯鎮的六首詩，似有教誨之意。第一首詩表達「好花無吝十分芳」的哲理。第二首詩勸告「萬般計較頭須白」。第三首詩闡說「自生疑阻」是造成利害的根本原因。第四首詩，表示深得「鍛鍊物情」之精要，故萬事不憂。第五首詩在探討「空境」，頗有「非空非有」的境界。第六首詩，寫「天和」與「太初」的滋味。從這六首詩可見到雍對於玠的指導情份。可惜，不見秦氏之作，無法詳知其他情形。

三川地正得中陽，氣入奇葩亦自王。

善識好花人不遠，好花無吝十分芳。

邵雍〈寄亳州秦伯鎮兵部六首之一〉卷八

人事紛紛積有年，何煩顰蹙向花前。

萬般計較頭須白，饒了胸中不坦然。

邵雍〈寄亳州秦伯鎮兵部六首之二〉卷八

無限有情風月間，好將醇酒發酡顏。

奈何人自生疑阻，利害嫌輕更設關。

邵雍〈寄亳州秦伯鎮兵部六首之三〉卷八

雖貧無害日高眠，人不堪憂我自便。

鍛鍊物情時得意，新詩還有百來篇。

邵雍〈寄亳州秦伯鎮兵部六首之四〉卷八

天心復處是無心，心到無時無處尋。

若謂無心便無事，水中何故卻生金。

邵雍〈寄亳州秦伯鎮兵部六首之五〉卷八

酒涵花影滿卮紅，瀉入天和胸臆中。

最愛一般情味好，半醺時與太初同。

邵雍〈寄亳州秦伯鎮兵部六首之六〉卷八

許大秦皇定九州，九州纔定卻歸劉。

它人莫謾誇精彩，徒自區區撰白頭。　　邵雍〈別寄一首〉卷八

芳酒一樽雖甚滿，故人千里奈思何。

柳拖池閣條偏細，花近簷楹香更多。　　邵雍〈思故人〉卷八

十五、王贊善

治平四年，邵雍五十七歲。於八月雍出遊黃河支流的洛水，至福昌縣而結識福昌令王贊善。二人是道義相歡，一見如故。福昌縣在今河南省宜陽縣西六十里。福昌令王氏，官拜贊善。贊善一職為東宮的屬官，掌侍從翊贊事；本是舊官名，此處借為福昌令之虛銜。相信福昌風景必佳，邵雍遊至此地，多有山水作品。其中尤以「雲勢移峰緩」、「一潭冷浸崖根黑」和「洛川秋入景尤佳」三首詩絕好。其中尤以〈遊龍潭之一〉對潭水玄黑深沈顏色的描寫，和水溫浸涼寒冷的刻畫，相當鞭辟入裡，而尾句「長恐雷霆奮於側」也悚慄生動。

雲勢移峰緩，泉聲出竹遲。此時無限意，唯有翠禽知。

邵雍〈十一日福昌縣會雨〉卷五

一潭冷浸崖根黑，數峰高入雲衢碧。

遊人屏氣不敢言，長恐雷霆奮於側。

邵雍〈十二日同福昌令王贊善遊龍潭之一〉卷五

水邊靜坐天將暮，猶自盤桓未成去。

馬上迴頭更一觀，雲煙已隔無重數。

邵雍〈十二日同福昌令王贊善遊龍潭之二〉卷五

能休塵境爲眞境，未了僧家是俗家。

不向此中尋洞府，更於何處覓藏花。

邵雍〈十三日遊上寺及黃澗之一〉卷五

堪嗟五霸爭周爐，可笑三分拾漢餘。

何似不才閒處坐，平時雲水遶衣裾。

邵雍〈十三日遊上寺及黃澗之二〉卷五

洛川秋入景尤佳，微雨初過徑路斜。

水竹洞中藏縣宇，煙嵐塢裏住人家。

霜餘紅間千重葉，天外晴排數縷霞。

溪淺溪深清激灩，峰高峰下碧查牙。

鳥因擇木飛還遠，雲爲無心去更賒。

蓋世功名多齟齬，出群才業足咨嗟。

浮生日月仍須惜，半老筋骸莫強誇。

就此巖邊宜築室，樂吾眞樂樂無涯。

邵雍〈十四日留題福昌縣宇之東軒〉卷五

連昌宮廢昌河在，事去時移語浪傳。

下有荒祠難問處，古槐枝禿竹參天。

邵雍〈十五日別福昌因有所感〉卷五

道義相歡豈易親，古稱難處是知人。

文章不結市朝士，榮辱非關雲水身。

話入精詳皆物理，言無形跡盡天眞。

他時洛社過從輩，圖牒中添又一鄰。

邵雍〈十六日依韻酬福昌令有寄〉卷五

十六、李希淳

　　成都屯田李希淳是雍之舊識故友，因戀蜀中官，離鄉去未還。舊日，兩人曾於洛社論交，今天白首而分兩地，昔年交游存者日少一日，

所以詩人不免有噓唏之歎。此數首詩邵雍對於「時不我與」（逢時雖出欲胡爲……奈何花上露沾衣）的感概和「及時行樂」（不縱歡遊待幾時）的無奈，一反素日平和的語調。二人相知之深，固可從詩意中見其端倪也。

> 逢時雖出欲胡爲，其那天資智識微。
> 弊性止堪同蠖屈，薄才安敢望鵬飛。
> 長因訪舊歡無極，每爲尋幽暮不歸。
> 花愛半開承露看，奈何花上露沾衣。
>
> 邵雍〈答李希淳屯田〉卷九

> 思君君未還，君戀蜀中官。白首雖知倦，清衷宜自寬。
> 花時難得會，蠶市易成歡。莫歎歸休晚，生涯若未完。
>
> 邵雍〈依韻寄成都李希淳屯田〉卷九

> 去歲嘗蒙遠寄詩，當時已歎友朋希。
> 如今存者殆非半，不縱歡遊待幾時。
>
> 邵雍〈答李希淳屯田三首之一〉卷十一

> 竹間水際情懷好，月下風前意思多。
> 洛社過從無事日，非吾數輩更誰何。
>
> 邵雍〈答李希淳屯田三首之二〉卷十一

> 胸中日月時舒慘，筆下風雲旋合離。
> 老去無成尚如此，不知成後更何爲？
>
> 邵雍〈答李希淳屯田三首之三〉卷十一

十七、李中師（李君錫）

李中師（西元 1015 至 1075 年），字君錫，開封人。景祐元年進士。曾知澶州、河南府等，用法刻深，煩碎無大體。神宗即位，遷給事中，除龍圖閣直學士，充群牧使，兼知審官東院。從下列三首詩得知熙寧七年二月召李中師至汴京爲官。熙寧八年權發遣開封府，卒，年六十一。雍與中師情只泛泛未深交，又中師早邵雍而逝，是以往後交情不續。

磨湯漬酒重分攜，景霽和風二月時。

莫忘天津別君處，黃梅庭下半離披。

李中師〈奉別堯夫先生承見留數刻漬梅酒磨沈水飲別聊書代謝〉卷十一

多情大尹辭春去，正是群芳爛漫時。

自古英豪重恩意，群芳慎勿便離披。

邵雍〈和大尹李君錫龍圖留別詩〉卷十一

先生洛社坐忘機，大尹朝天去佐時。

今日梅花浮別酒，青雲早晚重來披。

司馬光〈走筆和君錫、堯夫〉卷十一

十八、呂公著（呂晦叔）、呂希哲（原明）父子

呂公著（西元 1018 至 1089 年），字晦叔，安徽壽州人。進士出身，神宗熙寧元年和開封府。二年爲御史中丞，出知潁州。八年，入爲翰林學士承旨，政知審官院，同知樞密院事。哲宗元年拜尚書右僕射，兼中書侍郎。三年，拜司空，同平章事。四年，卒，年七十二。

公著，在開封時多與雍遊。其子希哲因父之故也追隨邵雍遊。在百源學案中，呂公著係邵雍的侶友，而希哲執弟子之禮，所以父子兩世的交情使他們彼此相知相深。從呂希哲〈和打乖吟〉的詩中可以看出詩人的高趣、志氣和對作品的下功夫。例如：「家無甔石賓常滿，論極錙銖意始新」就把詩人好客和氣與創作的辛勤展現無餘，想像希哲敬服並了解詩人的眼光，可以令我們激賞的。

高齋曠望極三川，卻顧卑居不直錢，

二室峰巒凝畫碧，萬家樓閣帶輕煙。

春濃綠繞環遊騎，地勝依稀寓列仙，

唱發幽人丞相和，當時紙貴洛城傳。

呂公著〈楊郎中新創高居二首和堯夫先生韻之一〉卷十七

碧瓦朱門將相居，見嵩臨洛百家無，

登高此地還能賦，會老他年定入圖。

花發四時排步障，鳥鳴終日勸提壺，

何人遇賞偏留賞，退士清風激鄙夫。
呂公著〈楊郎中新創高居二首和堯夫先生韻之二〉卷十七

買宅從來重見山，見山今直幾何錢，
奇峰環列遠隔水，喬木俯臨微帶煙。
行路客疑驚洞府，憑欄人恐是神仙，
長憂暗入丹青手，寫向鮫綃天下傳。
邵雍〈留題水北楊郎中園亭二首之一〉卷十七

洛下誰家不買居，買居還得似君無，
風光一片非塵世，景物四時成畫圖。
後圃花奇同閬苑，前軒峰好類蓬壺，
人生能向此中老，亦是世間豪丈夫。
邵雍〈留題水北楊郎中園亭二首之二〉卷十七

先生不是閉關人，高趣逍遙混世塵，
得志須為天下雨，放懷聊占洛陽春。
家無甔石賓常滿，論極錙銖意始新，
任便終身臥安樂，一毫何費養天真。
呂希哲〈堯夫安樂窩中好打乖吟〉卷九

十九、邢恕（邢和叔）

　　邢恕（西元1035？至2005？），字和叔，鄭州陽武人。從程顥學，因遊公卿間，早致聲譽。登進士第，元祐間，累官至御史中丞，後遭奪職。久之，又復顯謨閣待制，卒年七十。恕自云受業於邵雍，奉親從仕，未能卒業。邵雍也視恕以弟子輩，屢有指導。然邢恕天性不定，反覆於司馬光、章惇、蔡京之間以謀官，非真正追求道德者，這一點邵雍是心肚知明的。成化本與四庫本等諸家《擊壤集》於書後皆有邢恕於元祐六年所作跋語，當是雍子伯溫於父親去逝重新編輯時所附加。邢恕為人雖然反覆，但從邵雍游，一向執弟子禮，恭謹有加，仍不失君子之道。觀跋語所說，也能發明師承之學術源流，頗有見識。

先生抱道隱墻東，心跡兼忘出處通，

圮下每慚知孺子，床前曾憶拜龐公。

已將目擊存微妙，直把神交寄始終，

此日離違限南北，蕭蕭班馬正依風。

　　　　　　　　　邢恕〈將還河北留別先生〉卷八

世路如何若大東，相逢不待語言通，

觀君自比諸葛亮，顧我殊非黃石公。

講道汙隆無巨細，語時興替有初終，

出人才業尤須惜，慎勿輕爲西晉風。

　　　　　　　　　邵雍〈和邢和叔學士見別〉卷八

一片先天號太虛，當其無事見眞腴，

胸中美物肯自衒，天下英才敢厚誣。

理順是言皆可放，義安何地不能居，

直從太宇收功後，始信人間有丈夫。

　　　　　　　　　邵雍〈先天吟示邢和叔〉卷十六

二十、陳侗（陳成伯）

　　陳侗（西元 1024 至 1088 年），字成伯，莆田人。仁宗嘉祐二年進士。調河南福昌縣主簿，歷知商洛，南陵縣。富弼守汝州，辟爲從事。神宗熙寧三年，除館閣校勘，知太常禮院。五年，改太子中允，判登聞鼓院。六年，爲集賢校理。後知湖州、陝府等。元祐三年卒，年六十五。有文集十五卷，已佚。由於陳侗歷官河南之故，與雍相識，常有玉札酬詩交往。邵雍和侗之詩云：「殘臘歲華無奈感……吾道如何必可行。」此的確是邵雍藉以渲洩晚年之悲情。

此去替期猶半歲，商山窮僻少醫名，

感傷多後風防滯，暑濕偏時疾易生。

聖智不能借寒剝，賢才方善處哀榮，

斯言至淺理非淺，少補英豪一二明。

　　　　　　　　　邵雍〈代書寄商洛令陳成伯〉卷五

瓊苑群花一夜新，瓊臺十二玉爲塵，
城中竹葉湧增價，坐上楊花盛學春。

時會梁園皆墨客，誰思姑射有神人，
餘糧豈止千倉望，盈尺仍宜莫厭頻。

邵雍〈依韻和陳成伯著作長壽雪會〉卷六

竹遶長松松遶亭，令人到此骨毛清，
梅梢帶雪微微拆，水脈連冰淒淒鳴。

殘臘歲華無奈感，半醺襟韻不勝情，
誰憐相國名空在，吾道如何必可行。

邵雍〈依韻和陳成伯著作史館園會上作〉卷六

二十一、陳搏（陳希夷）

　　陳搏（西元 910？989 年），字圖南，亳州人。後唐長興中舉進士不第，遂隱居武當山九室巖。後服氣辟穀，又移居華山雲臺觀，每寢處百餘日不起。太平興國中朝宋，宋太宗賜號希夷先生。陳搏雅好詩易，著作言及導養與還丹之事。陳氏人品行事每成爲道家的楷範，是以邵雍甚佩服其師祖，常有隔世希賢之意。由於師祖的行事態度進退有據，是以邵雍頗受影響。邵雍〈題范忠獻公眞〉詩，顯露出對范雍習易而治河有功，爲顯官，能施展抱負，深慕之。但如不能被重用，則寧爲逸人是另一種選擇和嚮往。

行年六十有三歲，齒髮雖衰志未衰，
恥把精神虛作弄，肯將才力妄施爲。

愁聞刮骨聲音切，悶見吹毛智數卑，
珍重至人嘗有語，落便宜是得便宜。

邵雍〈六十三吟〉卷十（注：陳希夷先生嘗有是言）

未見希夷眞，未見希夷蹟，止聞希夷名，希夷心未識。

及見希夷蹟，又見希夷眞，始知今與古，天下長有人。

希夷眞可觀，希夷墨可傳，希夷心一片，不可得而言。

邵雍〈觀陳希夷先生眞及墨跡〉卷十二

范邵居洛陽，希夷居華山，陳邵爲逸人，忠獻爲顯官。

邵在范之後，陳在范之前，三人貌相類，兩人名相連。

邵雍〈題范忠獻公真〉卷十四

二十二、陸剛叔

　　陸剛叔，江南人，嘉祐熙寧間，曾任洛陽主簿與秘書省校字，生平細節不詳。剛叔與邵雍相知甚短，洛陽官滿便還江南。二人從相識至鴻雁斷訊，至多往來數年耳。大約自別後叔志未得伸，從此消沈無跡可尋，而二人交游亦中斷矣。

一霎蕭蕭晚雨餘，鳳凰樓下偶驅車，

郤説片玉知能憶，樂廣青天幸未疏。

相闊夏秋聞甚事，可親燈火讀何書，

恨無束帛嘉程子，徒自悁悁返敝廬。

邵雍〈二十九日依韻和洛陽陸剛叔主簿見贈〉卷五

洛城官滿振衣裾，塵土何由浣遠途，

道在幸逢清日月，眼明應見舊江湖。

知行知止唯賢者，能屈能伸是丈夫，

歸去何妨趁殘水，三吳還似嚮時無。

邵雍〈代書寄前洛陽簿陸剛叔秘校〉卷七

洛陽官滿歸吳會，男子雄圖志未伸，

若到江山最佳處，舉盃無惜雍天津。

邵雍〈寄前洛陽簿陸剛叔秘校〉卷七

二十三、張景伯（元伯）

　　張景伯（西元 1010？至 1063 年），字元伯，襄邑人，師錫子。官至職方員外郎致仕。邵雍與景伯爲洛社舊交，於嘉祐元年除夕，邵雍和其詩；既卒，雍又以詩哭之。雍與景伯年相若且有二代相識之交情，自是情分不同。景伯物化後，雍忘情而哭云：「把酒酹君君必知，爲君洒淚西風前。」足以呈現出詩人異乎常情的友誼。邵雍

〈謝西臺張元伯雪中送詩〉，雖然明白如話，但是趣味昂然，句中「大如手」、「樽無酒」、「打門」等遣字極具意象之美，聲情俱妙，沖淡中有甜味。

> 及正四十六，老去恥無才，殘臘方迴律，新春又起灰。
>
> 非唯忘利祿，況復外形骸，白髮已過半，光陰任自催。
>
> 邵雍〈依韻和張元伯職方歲除〉卷一
>
> 清淡曉凝霜，宜乎殿顥商，自知能潔白，誰念獨芬芳。
>
> 豈爲瓊無艷，還驚雪有香，素英浮玉液，一色混瑤觴。
>
> 邵雍〈和張二少卿丈白菊〉卷一
>
> 當年曾任青春客，今日重來白雪翁，
>
> 今日當年已一世，幾多興替在其中。
>
> 邵雍〈和張少卿丈再到洛陽〉卷一
>
> 洛城雪片大如手，爐中無火樽無酒，
>
> 凌晨有人來打門，言送西臺詩一首。
>
> 邵雍〈謝西臺張元伯雪中送詩〉卷二
>
> 近年老輩頻凋落，使我心中又惻然，
>
> 洛社掛冠高臥者，唯君清澈如神仙。
>
> 昔日與君論少長，今日與君爭後先，
>
> 把酒酹君君必知，爲君洒淚西風前。
>
> 邵雍〈哭張元伯職方〉卷五

二十四、張崏（張子望）、張峋（張子堅）

張崏，字子望，滎陽人。兄張峋，字子堅；二人俱從雍受學，皆登進士第。張峋，曾爲鄞縣令，歷提舉兩浙路常平廣惠倉，兼管勾農田差役水利事，官至太常博士。張崏，官至太常寺主簿。邵雍在官場的影響力，常因弟子四處爲官，得到聲譽日隆的情形，也可能因此而屢遭謗疑。在《宋人軼事》中曾載張崏之言，云詩人有《觀物外篇》二卷存世。顯示張氏兄弟知師甚明而受教亦深。

> 平生自是愛花人，到處尋芳不遇眞，

秖道人間無正色，今朝初見洛陽春。

張峋〈觀洛城化呈先生〉卷六

造化從來不負人，萬般紅紫見天眞，
滿城車馬空撩亂，未必逢春便得春。

邵雍〈和張子望洛城觀花〉卷六

八載相逢恨未平，如何別酒又還傾，
雖慚坦率珠多纇，卻識清和玉有聲。

處世當爲天下士，賞花須是洛陽城，
也知今古眞男子，造化功夫不易生。

邵雍〈依韻和張子堅太博〉卷十

綜觀邵雍與侶友、弟子之交游範圍，除了表現出與理學家相互交往之外，一般情形大多爲參與洛陽等地書會、文社、詩社的聚會，其他則顯示與當代詩人、地方官員互有唱酬往來。從整體交游現象和詩作內容，已呈現出布衣與卿相、仕紳結交狀況和詩人影響民風的力量，這是一般文人與士族相交少有的情形。邵雍的年代新舊黨爭漸趨激烈，其門下弟子爲官者亦眾，而其終能脫身於黨爭之外，不得不佩服其待人接物之溫潤和處世之道的圓融。

第四節　擊壤詩集版本及編輯

一、擊壤詩集的版本

目前臺灣地區《擊壤集》最好的版本，是收藏在國立中央圖書館善本書室的南宋末期刊本。還有一本是南宋末期刊配補明初仿宋刊及鈔本，也屬善本。前者除卷十抄配外，餘皆存宋刊模樣，並經于右任先生收藏。後者只剩宋本殘卷四卷，餘皆補配補抄，此本曾經明代多位藏書家鑑賞擁有，[註19] 又經清黃丕烈、孫原湘、胡靜之、邵淵耀、

〔註19〕見《標點善本題跋集錄》下冊別集類，頁495。國立中央圖書館編印。

錢天樹、丁白曾等題記，因之抄配既佳，鑒賞又精，實不輸前者的精美。

　　另外中央圖書館尚有南宋末期刊本配補元翻宋刊本及中央研究院歷史語言所的元刊本，皆可為上述善本的輔佐。但是，今日最通行的版本，卻是臺灣商務印書館出版的《四庫全書本擊壤集》及《四部叢刊》裏明成化乙未年畢亨所刊的《成化本伊川擊壤集》。

　　以上六種版本，將《擊壤集》自宋、元、明、清歷代文字刊刻的沿革歷歷展現。第一時期，包括南宋末期刊本、元翻宋刊本、明初仿宋刊本，能表現出較早期的《擊壤集》形式。第二時期，係明刊本、朝鮮刊本、道藏本，以成化本為代表。第三時期，是清抄本，以《四庫全書》為代表。其他康熙改編本和《安樂窩吟》選本，並非原刊，僅可作校對之參佐。

　　《四庫全書擊壤集》，已參考過宋、元、明、清各種刊本抄本，故多所修正，相信是屬於精善的抄本，且經臺灣商務印書館大量發行，成為精善的通行本。如果一定要把四庫本與南宋末期的刊本作一比較，我們仍以為南宋本拔得頭籌，因為南宋本除有最少錯誤的優點外，又保留了最早型態的《擊壤集》面貌。

　　大陸方面出版《全宋詩》，其中第七冊附《邵雍詩全集》。據其編輯曰：「以張蓉鏡、邵淵耀明初刻《伊川擊壤集》為底本。校以西元 1975 年江西星子縣宋墓出土之《邵堯夫先生詩全集》九卷（簡稱宋本）、蔡弼重編《重刊邵堯夫擊壤集》六卷（簡稱蔡本），及元刻本（簡稱元本）、明隆慶元年黃吉甫刻本（簡稱黃本）、影印清文淵閣《四庫全書》本（簡稱四庫本）。」云云。凡此諸本皆不出台灣地區的現有版本，惟一勝處，乃擁有宋墓出土九卷宋殘本，經核對尚無特別殊勝處。惟《全宋本邵雍詩》在第二十一卷，將散佚於各書中的零金片玉輯佚成篇，的確可以提供一些新資料。

二、擊壤詩集的編輯

（一）擊壤詩集編輯經過

邵雍《擊壤吟》云：「擊壤三千首」。〔註20〕《四庫全書・擊壤集提要》說：「集爲邵子（邵雍）所自編，而楊時《龜山語錄》所稱『須信畫前原有易，自從刪後更無詩』一聯，集中乃無之。知其隨手散佚，不復收拾。」據此邵詩似又不止於三千首。宋史論及邵氏詩集名稱爲《伊川擊壤集》，未及卷數與詩數。宋人晁公武《郡齋讀書志》始云邵堯夫有《擊壤集》二十卷，而後陳振孫《直齋書錄解題》及馬端臨的《文獻通考》都說邵集二十卷，然也未提到詩數。今欲探求邵集詩數，自當直接從《擊壤集》最早或最善的版本中研究爲佳。如果須側面研究，也可從《兩宋名賢小集》的《安樂窩吟》、《洛陽縣志》的輯詩等相關資料，作比對、爬梳。現經綜合所查各相關資料，大體得知散於各文獻中的邵詩，多半不出《擊壤集》範疇，是以就版本研究入手，大概可得《擊壤集》詩數的狀況。又《擊壤集》名義上雖邵雍之子伯溫所編，實際上邵雍早有主意且從旁指導，是故後人皆認定詩集乃邵雍所自編。

（二）擊壤詩集善本的異同和詩歌的增刪

《擊壤集》中究竟有多少首？這個疑問據上述說明推知，這是需要分版本來研究的問題。現在我們先將邵集的善本選擇性的列出五種，從南宋末期刊本至大陸《全宋詩・邵雍詩全集》之間的共五種善本比較其異同，並探求詩數的統計總數，來觀察其詩歌增刪的過程和詩數。下文即就南宋末期本、南宋末期配補本、明成化本、清四庫全書本、民國全宋詩本等五種版本有所不同的地方列出細述，相同之處從略，再記載總數，讓五種版本的總數能做比較。至於非邵雍所作的詩，係他作攙雜者，則逐一列出剔除。

〔註20〕見《擊壤集》卷十七擊壤吟「擊壤三千首，行窩二十家」。

南宋末期刊本（卷十係抄配）

卷三有〈何事吟〉一首，卷五有〈何事吟寄三城富相公〉一首；二者內容相同。卷八有〈人鬼吟〉一首，卷十二有〈幽明吟〉一首。二者內容相同。

卷十係抄配。其中有九首司馬光的和詩，因抄錄者認爲非邵雍作品而未錄。這九首詩的詩題是〈和堯夫先生年老逢春〉三首、〈崇德久待不至〉一首、〈正月廿六日獨步至洛濱成二詩呈堯夫先生〉二首、〈酬堯夫招看牡丹〉二首、〈奉和安樂窩吟〉一首。〔註21〕

卷十一有〈年老吟〉一首。卷十四，有〈天時吟〉一首，在〈義利吟〉與〈思義吟〉之間。〔註22〕有〈偶書〉五首，分別爲〈美食無使饜〉、〈官小拜人喜〉、〈才高命寡〉、〈賢德之人〉、〈妻強夫殃〉。卷十六〈讀張子房傳吟〉與〈治亂吟〉五首之間，有〈觀物吟〉二首，詩題下有熙寧九年四字。另有〈思患吟〉一首，在〈三十年吟〉與〈有病吟〉之間。有〈浩歌吟〉二首，但無二首二字。有〈答甯才求詩吟〉一首，在〈書事吟〉與〈詩酒吟〉之間。卷十九有〈得天吟〉一首。以上是南宋末期刊本各卷與其他諸本不同的地方。

詩歌總數邵雍詩一五二一首，重出二首，而存司馬光等人詩五十七首。

南宋末期刊本配補明初仿宋刊及抄本（卷三、四、五、六卷係宋殘本）

卷三、五、九、十二皆同右，惟〈幽明吟〉的詩題改成〈人鬼吟〉。卷十的九首詩皆存。卷十一〈年老吟〉改題名爲〈年平吟〉內容相同。卷十四，原書有缺頁，經比對本卷前後文及行款同宋本，應有〈天時

〔註21〕本卷因係抄配，所缺九詩是司馬光的作品，故懷疑抄者以爲非邵雍作品而未錄，但是原刊本應有此九首詩。今查中央圖書館善本編號一〇〇八一《擊壤集南宋建本補配元刊本》的卷十係南未時共月刊本，而且這九首詩皆存，則不待推知便確證南宋原刊是有的。

〔註22〕所謂〈思義吟〉實是〈恩義吟〉的誤刻。

吟〉一首在〈義利吟〉〈恩義吟〉之間。〔註 23〕卷十六，全同右。卷十九〈得天吟〉詩題改為〈得一吟〉。〔註 24〕

詩歌總數邵雍詩一五二一首，重出二首。存司馬光等人詩六十六首。

明成化本

卷三、五、八、十二皆同右。卷十的九首詩皆存。卷十一〈年老吟〉改題為〈年平吟〉，內容相同。卷十四，缺〈天時吟〉一首，有〈偶書〉三首，內容與前本五首無異，只是〈美食無使饜〉與〈官小拜人喜〉、〈才高命寡〉連成一首，餘同右。卷十六，全同右。卷十，〈得天吟〉詩題改為〈得一吟〉。

詩歌總數邵雍詩一五一八首，重出二首。存司馬光等人詩五十七首。

清四庫全書本

卷三有〈何事吟〉一首，卷五刪去重出的〈何事吟寄三城富相公〉一首。卷八刪去重出的〈人鬼吟〉一首，卷十二出現有〈人鬼吟〉一首。

卷十的九首詩皆存。卷十一的〈年老吟〉改題為〈太平吟〉，內容相同。〔註 25〕卷十四，缺〈天時吟〉一首，有〈偶書〉三首，內容與前本五首無異，只是〈美食無使饜〉與〈官小拜人喜〉連成一首，而〈才高命寡〉另起一首，餘同右。又〈觀物吟〉二首連成一首，且詩題缺二首二字。而缺〈思患吟〉一首，在〈三十年吟〉與〈有病吟〉

〔註 23〕 參見中央圖書館善本編號一〇〇八一擊壤集南宋建本補配元刊本，其十四卷是宋本，在〈義利吟〉與〈思義吟〉之〈間有天時吟〉可為證明。

〔註 24〕 前述擊壤集南宋建本補配元刊本此處作〈得一吟〉，而本卷因係配補明初仿宋刊本，則可見元刊本及明初仿宋刊本在刻書時已逐漸改變南宋刊本的內容，然此種改變有時並不完全正確。

〔註 25〕 卷十已有〈太平吟〉一首，內容與這首不同；以內容而論，詩題作〈年老吟〉較正確。

之間，補了〈答甯秀才求詩吟〉一首。原因係〈思患吟〉內容有「夷狄」二字，故刪原詩，而移動後面的〈答甯秀才求詩吟〉補入。卷十九，〈得天吟〉詩題改爲〈得一吟〉。但是詩題如作〈得天吟〉較符合詩意。

　　詩歌總數邵雍詩一五一五首。而存司馬光等人詩六十六首。

民全宋詩本

　　北京大學本《全宋詩》已刪除邵雍以外的詩作，所以全篇僅保留邵詩，集外詩獨立爲第廿一卷，如此眉目比較清楚是其優點，另外在《邵雍詩集》的二十一卷，除〈集外詩〉十三首之外，又輯佚了〈對花〉、〈芍藥〉四首，〈首尾體訓世孝第詩〉十首等凡四十六首全詩和散句三章，如此仍然只有一五四一首，邵雍前半生的作品疑是全部銷毀殆盡。

（三）擊壤詩集的詩歌總數一五四一首

　　通過右文的表述，我們確知從宋本迄今本《擊壤集》詩歌總數的變化不大，其中以南宋末期刊本的一五二一首最接近邵雍長子邵伯溫所編定《擊壤集》的原貌（其中有二首詩重出，實重上只見邵雍詩作一五一九首）而大陸本的《全宋詩》保留宋詩最多，共一五四一首。至於曾與邵雍唱酬的詩有司馬光、富弼、程顥、呂公著、王勝之、張載等十數人的作品，共六十六首，歷經近千年，一直保存原樣。現在觀察《擊壤集》作品絕大多數係邵雍晚年的結集，少年中年之作肯定有大半散佚，甚或係邵氏自行毀去者，所以邵雍詩作，自是不僅一五一九首。然而，最早的《伊川擊壤集》畢竟只存這些詩數而已。邵雍自云的三千首詩，恐是其畢生所作大略的總數，而楊時《龜山語錄》所稱集外之詩，因已散佚，恐待我輩輯佚整理或多少可得一些，如欲恢復三千餘首的舊觀，自是不能。

伊川擊壤集二十卷元刊本現藏台北中研院史語所

伊川擊壤集序

擊壤集伊川翁自樂之詩也非唯自樂又能樂時與萬
物之自得也伊川翁曰子夏謂詩者志之所之也在心
為志發言為詩情動於中而形於言聲成其文而謂之
音是知懷其時則謂之志感其物則謂之情發其志則
謂之言揚其情則謂之聲成章則謂之詩若成文而
謂之音然後聞其詩聽其音則人之志情可知矣且
情有七其要在二謂身也時也謂身則一身之休感
此謂時則一時之否泰也一身之休感則不過榮辱貴
賤而巳一時之否泰則繫夫興廢治亂者焉是汲仲尼

伊川擊壤集二十卷元刊本現藏台北中研院史語所

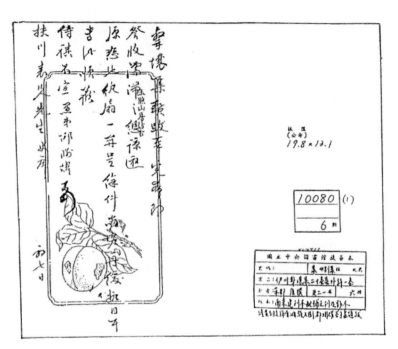

南宋建刊本配補元刊及鈔本
首尾附諸多板本學家題跋
台北國家圖書館館藏

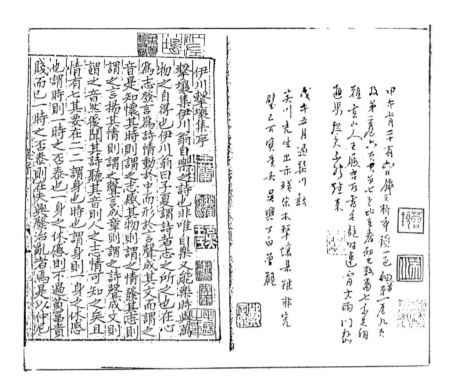

南宋建刊本配補元刊及鈔本

首尾附諸多板本學家題跋

台北國家圖書館館藏

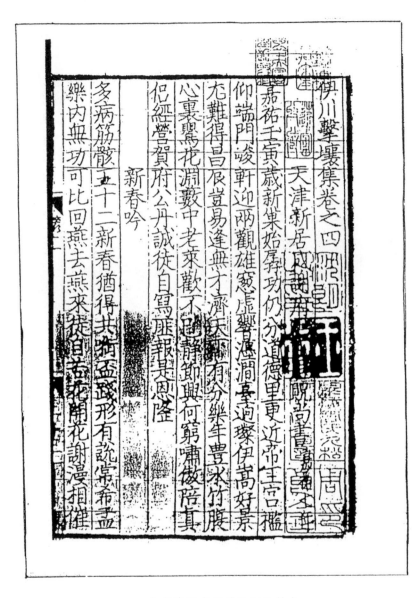

南宋建刊本配補元刊及鈔本

台北國家圖書館館藏

缺卷一至卷三存十七卷集外詩一卷

朝鮮舊刊本二十卷集外詩一卷

台北國家圖書館館藏

擊壤集引

康節邵先生商末名傳也方其五□

聚奎伊洛鍾秀篤生先生坐褥書立言

羽翼聖經寓有所得形諸聲詩發越

性情集成一卷名曰擊壤予於侍

問之嘗披閱再四愛其體物切實立意高

古其善純其辭質如如大羹玄酒而有

餘味焉乃重鋟梓廣惠來學即其言以味

先生理趣之深誦其詩以求先生道學之

妙庶幾希達自通升高自卑之少勖玄嘗

成化乙未佗朝日忘

朝鮮舊刊本首列擊壤集引與成化本相同

伊川擊壤集序

擊壤集伊川翁自樂之詩也非唯自樂又能樂時與萬

物之自得也伊川翁曰子夏謂詩者志之所之也在心

為志發言為詩情動於中而形於言聲成其文而謂之

音是知懷其時則謂之志感其物則謂之情發其志則

謂之言揚其情則謂之聲言成章則謂之詩聲成文則

謂之音然後聞其詩聽其音則人之志情可知之矣且

情有七其要在二二謂身也時也謂身則一身之休感

也謂時則一時之否泰也一身之休感則不過貧富貴

賤而已一時之否泰則在夫興廢治亂者焉

南宋建刊二十一卷本序

台北國家圖書館館藏

康節先生伊川擊壤集後序
聖人不作而士溺於成俗忽不自知日入於卑近有能
舊然拔起追古人於數千百年之上獨與之為徒者傳
所謂豪傑之士康節先生是巳先生之學以先天地為宗
以皇極經世為業揭而為圖羔而成書者其論世尚友乃
直以堯舜之事而為之師其發為文章者蓋待先生求
遺餘至其形於詠歌聲而成詩者則又其文章之餘心
德人之言辯於中而著於外故其所撫者近而所託者
遠為體小而推類大其始感發於性情之間乃若自言
生天下無輩飢而食寒而衣不知帝力之何有於我陶

南宋建刊二十一卷本後序

台北國家圖書館館藏

伊川擊壤集二十卷集外詩一卷

明初仿宋刊十行本

尾附徐鈞、徐鴻寶手跋

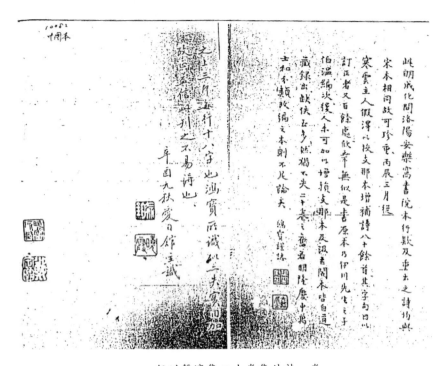

伊川擊壤集二十卷集外詩一卷

明初仿宋刊十行本

附近人徐鈞、徐鴻寶手跋

善者多造危者衆而持危者寡志士在
畎畝則以畎畝言故其詩名之曰伊川擊
壤集時有宋治平丙午中秋日也

伊川擊壤集序

山陰龍溪王畿撰

原卲先生擊壤集嘗梓於此久矣白
沙以詩之聖歸諸少陵而以康節為
別傳蓋因其不限聲律不沿愛惡
異乎少陵之工為詩然大成也夫詩之

清康熙八年邵養貞刊本

明吳翰等注有王畿序有合註敘多篇

台北國家圖書館館藏

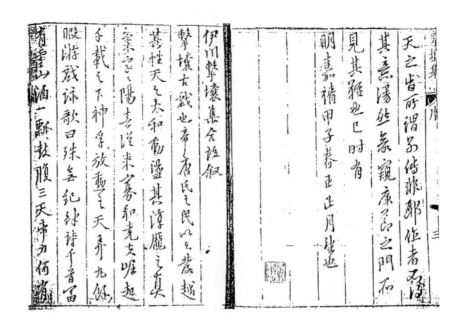

清康熙八年邵養貞刊本

明吳翰等注有王畿序有合註敘多篇

台北國家圖書館館藏

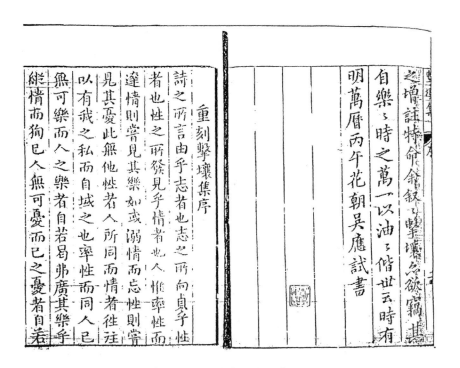

之增話特命龕叙之擊壤命後寫其

明萬曆丙午花朝吳應試書

自樂，時之萬一以油，偕世云時有

重刻擊壤集序

詩之所言由乎志者也志之所向貞乎性
者也性之所發見乎情者也人惟率性而
達情則嘗見其樂如或溺情而忘性則嘗
見其憂此無他他性若人所同而情者往往
以有戒之私而自域之也率性而情人己
無可樂而人之樂者自若昌弗廣其樂乎
縱情而狗已人無可憂而已之憂者自若

清康熙八年邵養貞刊本內容已經重編

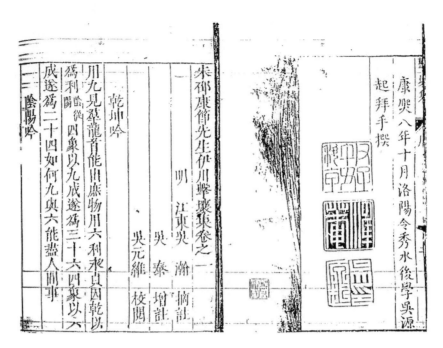

清康熙八年邵養貞刊本內容已經重編

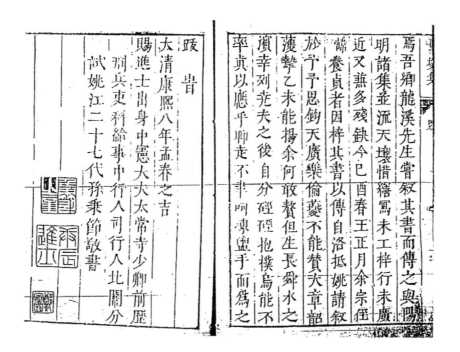

清康熙八年邵養貞刊本有多篇後跋

台北國家圖書館館藏

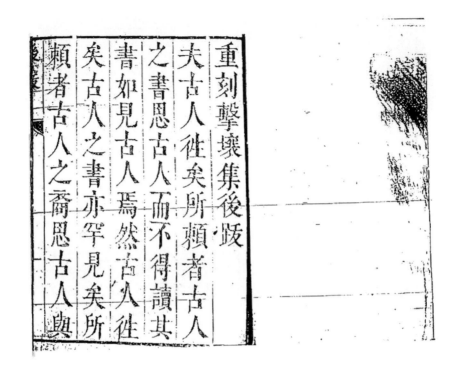

清康熙八年邵養貞刊本有多篇後跋

台北國家圖書館館藏

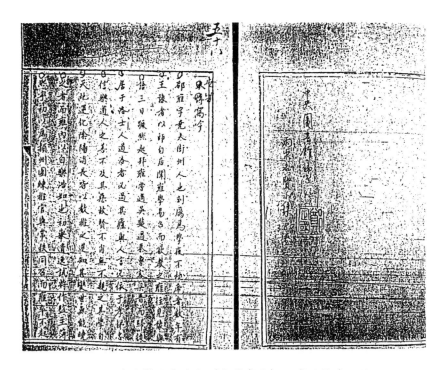

兩宋名賢小集中之〈安樂窩吟〉一卷手鈔有兩種

本卷六十二詩完整無缺

台北國家圖書館館藏

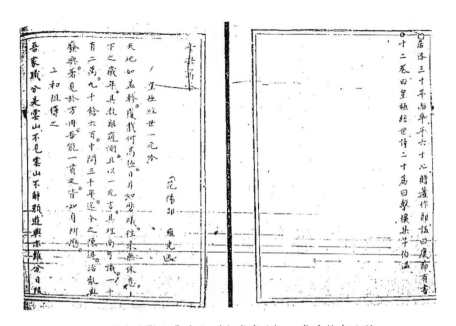

兩宋名賢小集中之〈安樂窩吟〉一卷手鈔有兩種

本卷六十二詩完整無缺

台北國家圖書館館藏

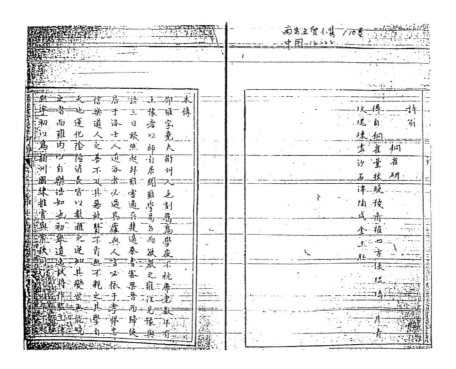

邵雍〈安樂窩吟〉一卷在兩宋名賢小集中

手鈔有兩種，本卷存詩 44 首

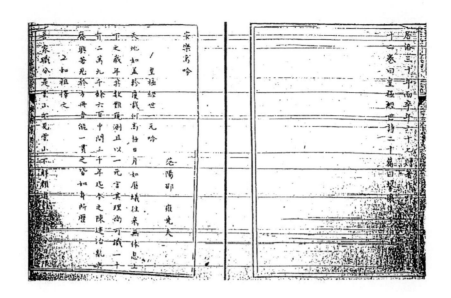

邵雍〈安樂窩吟〉一卷在兩宋名賢小集中

手鈔有兩種，本卷存詩 44 首

道藏本二十卷無集外詩

第三章　邵雍家世及年譜

第一節　邵雍的家世

　　邵雍既無顯赫的官職，又係寒門出身，所以就現在資料欲探究雍之家世十分艱難。另外雍的學問行事，頗類似北宋初年易學神祕人物陳摶，更使得雍之家世陷於撲朔迷離之景況。再說，理學是宋代之學術主流，易學則不見得是當代學術主流。就易學而言，研究易理有程顥、程頤、張載、朱熹等學者，研究易數、易圖的，僅有陳摶、种放、穆修、李之才這一條傳承，前者尚稱非學術主流中的主流，後者則為澈底的非主流，其不受重視，理所當然。若非邵雍為人豁達、處事圓融、性情平和，所交多有官場卿相大吏，則就一介平民出身的學者而言，欲名重當世，垂芳百代，絕對不容易。

一、諸史典籍所載的邵雍家世

　　邵雍字堯夫，其先范陽。父古徙衡漳，又徙共城。雍年三十，游河南。葬其親伊水上，遂為河南人。……熙寧十年卒，年六十七，贈秘書省著作郎。元祐中賜益康節。……子伯溫，別有傳。(《宋史列傳》一百八十六卷)

　　邵雍字堯夫，河南人。始為學，即堅苦刻厲，寒不爐，暑不扇，

夜不就席者數年。已而歎曰：「昔人尙友於古，吾獨未及四方，於是踰河汾，涉淮漢，周流齊魯宋之墟，久之，幡然來歸，曰：道在是矣。」……雍歲時耕稼，僅給衣食，名其居曰安樂窩，自號安樂先生。……雍德氣粹然，望之知其賢，群居燕笑不爲甚異，未嘗談人之短，有就問學則答之，未嘗強語。……卒年六十七。贈祕書省著作郎。元祐中，諡康節。程顥初侍其父，識雍，退而歎曰：「堯夫內聖外王之學也」。雍知慮絕人，遇事能前知。……顥銘其墓，謂：「純一不雜，就其所至，可謂安且成矣。」著書曰：《皇極經世》，《觀物內外觀》，《漁樵問對》，詩曰《伊川擊壤集》。(《宋史新編》，卷一百六十一)

　　邵伯溫字子文，洛陽人，康節處士雍之子也。雍名重一時，如司馬光、韓維、呂公著、程頤兄弟皆交其門。伯溫入聞父教，出則事司馬光等，而光等亦屈名位輩行，與伯溫爲再世交，故所聞日博，而尤熟當世之務。光入相，嘗欲薦伯溫，未果而薨。後以河南尹與部使者薦，特授大名府助教，調潞州長子縣尉。……紹聖初，章惇爲相。……惇論及康節之學，曰：「嗟乎，吾於先生不能卒業也。」伯溫曰：「先君先天之學，論天地萬物未有不盡者。」……紹興四年，卒，年七十八。初，邵雍嘗曰：「世行亂，蜀安，可避居。」及宣和末，伯溫載家使蜀，故免於難。……趙鼎少從伯溫游，及當相，乞行追錄，始贈祕閣修撰，嘗表伯溫之墓曰：「以學行起元祐，以名節居紹聖，以言廢於崇寧。」世以此三語盡伯溫出處云。(《宋史列傳》第一百九十二卷)

　　伯溫字子文。父雍與司馬光、韓維、呂公著、程頤兄弟爲友。伯溫入聞庭訓，出則事光等。……紹興四年卒，年七十八。……所著又有《辨惑》，《河南集》，《聞見錄》，《皇極系述》，《皇極經世序》，《觀物內外篇解》等書。(《宋史列傳》，卷一百六十一)

二、輯佚資料所載的邵雍家世

　　曾祖母張夫人遇祖母李夫人嚴甚，夫人不能堪，一夕欲自盡，

夢神人令以玉筯食羹一杯告曰：無自盡，當生佳兒。……及期生康節公，同墮一死胎，女也。陳繼儒輯（《邵康節先生外紀》卷一）

　　……康節初生，髮被面，有齒能呼母。七歲戲於庭，蟻穴中豁然別見天日，雲氣往來，久之，以告夫人。夫人至所見，禁勿言。既長，遊學晉州，山路馬失，同墮深澗中……公無所傷，惟壞一帽。熙寧十六年，公年六十七矣。夏六月屬微矣……曰：千秋萬歲吾神往矣……。（《邵康節先生外紀》卷一）

　　先生年踰四十不娶……子發曰：「某同學生王允脩頗樂善，有妹甚賢，似足以當先生。穆之曰：先生欲婚則某備聘，令子發與王允脩言之。康節逐娶先夫人，後二年伯溫始生。故康節有詩云：「我今行年四十七，生男方始為人父……」（《邵康節先生外紀》卷一）

　　康節先公慶曆間過洛館於水北湯氏。愛其山水風俗之美，始有卜築之意。至皇祐元年，自衛州共城奉大父伊川丈人遷居焉。……初寓天宮寺……洛人為買宅於履道坊西，天慶觀東……嘉祐七年王宣徽尹洛，就天宮寺西天津橋南，五代節度使安審珂宅故基，以郭崇韜廢宅餘財為屋三十間，請康節遷之。

　　伯溫之叔父諱睦，後祖母楊氏夫人出也，少康節二十餘歲，力學孝謹，事康節如父。熙寧元年四月八日暴卒，年三十三。康節先公哭之慟。既卒，理其故書，得叔父所作重九詩云：「衣如當日白，花似昔年黃，擬問東籬事，人生定杳茫」。及死，殯後圖東籬下。噫！人之死生，是果前定矣。（《邵康節先生外紀》卷二）

　　綜合上述資料，我們彙整〈邵雍親屬表〉一種，附錄於書末，可明白其族非繁而家世單純也。

第二節　邵雍的年譜

　　邵雍行誼近千年以來沒有年譜，王德毅〈中國歷代名人年譜總目〉說：「《邵康節先生年譜》一卷，不著撰人，《康節外集》附刊。」此說不正確，因無《康節外集》一書。經尋得明朝陳繼儒所輯《邵康節

先生外紀》卷四附有邵堯夫和其子邵伯溫傳，僅一篇小文，記載既不詳盡，又多抄自《宋史‧道學傳》，眞無可稱述之處。李師殿魁撰〈邵雍年表〉數頁，雖有可觀，然缺漏仍夥。今就諸書彙整，新編年譜，除細載時事、生活、作品外，若仍有可述者列於備考，當可使讀年譜者心會意領，而知其人其事其行誼。

宋眞宗祥符四年辛亥（公元 1011 年）一歲

【時事】

五月，京兆旱，詔賑之。秋七月壬午，鎭、眉、昌等州地震。己丑，詔先蠲濱、棣州水災，田租十之三，今所輸七分，更除其半。七月，江、洪、筠、袁江漲，沒民田。

去年冬契丹伐高麗，焚開京宮室府庫而還。自是用兵連歲始罷（《宋史紀事本末》卷二十一，鼎文本 148 頁）

【生活】

辛亥年十二月二十五日邵雍出生，〔註1〕出生地河北范陽（宋河北涿州）。公初生，髮被面，有齒，能呼母。（〈邵康節先生外紀〉卷一）

邵雍母李夫人，生雍之時，同墮一女性死胎。（《聞見前錄》卷十八）

邵雍之先人系出邵公，故世爲燕人，曾祖父邵令進，以軍職事宋太祖，始家衡漳。邵雍之祖父邵德新，父邵古皆隱德不仕。〔註2〕

【備考】

富弼今年七歲。弼生於公元 1004 年，今年宋與契丹訂定澶淵之盟。

王尙恭今年五歲。

范仲淹今年二十三歲。梅堯臣今年九歲，歐陽修今年四歲。

〔註 1〕邵雍六六歲生日時，於《擊壤集》卷十八生日吟詩註中自述「祥符辛亥十二月二十五日」而詩云：「辛亥年，辛丑月，甲子日，甲戌辰，日辰同甲，年月同辛，吾於此際，生而爲人」這是第一手資料，然宋史未引用，當是宋史之疏略。

〔註 2〕參見《困學紀聞》卷二十邵康節條。

呂蒙正薨。

祖無擇與雍年齒同庚，而略長二十七日（〈代書戲祖龍圖〉卷十）。

宋眞宗祥符五年壬子（公元 1012 年）二歲

【時事】

正月，河決棣州。二月，詔官吏安撫濱、棣被水農民。五月，江淮、兩浙旱，給占城稻種，教民種之。

京城、河北、淮南饑，減直糶穀，以濟流民。

遼聖宗改元開泰。

王欽若，陳堯叟並爲樞密使。丁謂參知政事，馬知節爲樞密副使。時，天下安。

十二月，帝立德妃劉氏爲皇后，后性警敏，帝深重之，由是漸干外政。

【生活】

邵雍幼時，家中多以忠直篤實、讀書謹禮爲家法。其父伊川丈人，尤質宜，平生不妄笑語。（《聞見前錄》卷二十）

【備考】

六月，賜杭州草澤林逋粟帛，書法家蔡襄出生。

宋眞宗祥符六年癸丑（公元 1013 年）三歲

【時事】

春正月，司天監言五星同色。

六月，亳州官吏，父居三千三百人詣闕，請謁太清宮。八月，詔來春親謁太清宮。

宋眞宗祥符七年甲寅（公元 1014 年）四歲

【時事】

春正月，帝將如亳州，謁老子於太清宮，升亳州爲集慶軍節度，減

歲賦十之三。

【生活】

四、五歲時，邵雍乍能言，朝暮戲遊於父母前。(〈長憶乍能言〉卷十三)

宋眞宗祥符八年乙卯（公元 1015 年）五歲

【時事】

春正月，赦天下。夏四月，寇準爲武勝軍節度使，同平章事。王欽若、陳堯叟並爲樞密使，同平章事。

【備考】

王益柔，今年出生。

宋眞宗祥符九年丙辰（公元 1016 年）六歲

【時事】

三月，帝詔舉官必擇廉能。六月，京畿蝗。

宋眞宗天禧元年丁巳（公元 1017 年）七歲

【時事】

王欽若挾符瑞以固寵位，陰排異己者。

三月，帝以不雨禱于四海。九月，以蝗罷秋宴。是歲諸路蝗，民飢。

【生活】

邵雍七歲戲於庭，蟻穴中豁然別見天日，雲氣往來。久之，以告夫人，夫人至，無所見，禁勿言。(《邵康節先生外紀》卷一)

邵雍母李夫人病臥堂上，見月色中一女子拜庭下，泣曰：「母不察庸醫，以藥毒兒可恨。」李夫人曰：「命也」。(《聞見前錄》卷十八)

宋眞宗天禧二年戊午（公元 1018 年）八歲

【時事】

八月，群臣請立皇太子，從之。立皇子昇王爲皇太子，大赦天下。

【備考】

呂公著今年出生。

宋眞宗天禧三年己未（公元 1019 年）九歲

【時事】

六月，王欽若罷。以寇準同平章事，丁謂參知政事。

渭州快河，泛澶、濮、鄆、齊、徐境。是歲高麗、女眞來貢。江浙
及利州路飢，詔振之。

【備考】

司馬光、曾鞏今年出生。

宋眞宗天禧四年庚申（公元 1020 年）十歲

【時事】

六月，寇準罷相。時，帝得風疾，事多決於皇后，寇準、李迪以爲
憂。

七月丙寅，以李迪同平章事，馮拯爲樞密使。庚午，以丁謂、馬拯
並同平章事。

八月，以任中正、王曾並參知政事，錢惟演爲樞密副使。

是歲京西、陝西、江、淮、荊湖諸州稔。

【生活】

自述年十歲求學於里人，遂盡里人之情。（參觀《皇極經世書‧無
名公傳》）

【備考】

張載今年出生。

宋眞宗天禧五年辛酉（公元 1021 年）十一歲

【時事】

遼聖宗改元太平。

冬十月，蠲京東、京西、淮、浙被水災民租。

【備考】

王安石今年出生。

宋眞宗乾興元年壬戌（公元 1022 年）十二歲

【時事】

二月，眞宗崩，遺詔劉后權處分軍國事。

【生活】

邵雍隨其父由河北范陽來到河南共城。〔註3〕共城即今之南輝縣縣
治。共城西北二‧五公里有蘇門山，風景秀麗，多地下水，多泉眼，
故稱百泉。雍最早的安樂窩即在百泉。有云雍衛州人；衛地，指周
武王少弟康叔初封於康，後封於衛之謂也。宋時河北、河南各有一
部份屬之。（〈富弼和安樂窩中好打乖吟〉卷九）

邵雍幼隨父登蘇門山，顧謂雍曰：「若嘗聞孫登乎，吾所尙也。」
遂卜隱山下。（《古今詩麈》邵雍條，頁 321，廣文書局影印中央圖
書館善本）

在共城，邵雍刻厲爲學，夜不就席者數年。雍詩云：「五十年來讀
舊書」，當指今年雍始努力求學。（〈依韻和吳傳正寺丞見寄〉卷九）

宋仁宗天聖元年癸亥（公元 1023 年）十三歲

【時事】

益州置交子務。

〔註3〕參見《文物》1976 年第 5 期「邵雍及其案安樂窩」批判，作者「河
南輝縣百泉公社大批判組」。

【生活】

自十二、三歲至三十餘歲，雍皆刻苦勵學。

【備考】

寇準卒。

宋仁宗天聖二年甲子（公元 1024 年）十四歲

【時事】

十二月，契丹大閱，聲言獵幽州，朝廷患之。未幾，契丹罷去。

【備考】

張先第進士。

宋仁宗天聖三年乙丑（公元 1025 年）十五歲

【時事】

五月，賜隱士林逋粟帛。十月，晏殊為樞密副使。

【備考】

王若欽卒。

宋仁宗天聖四年丙寅（公元 1026 年）十六歲

【時事】

六月，大雨。京師平地水數尺，壞屋溺人。京東、西及河北、江淮以南，皆大水。

九月，詔孫奭、馮元舉京朝官通經術者。

宋仁宗天聖五年丁卯（公元 1027 年）十七歲

【時事】

春正月，晏殊罷相，以夏竦為樞密副使。二月，命呂夷簡、夏竦修先朝國史，王曾提舉。

六月，京師大旱。百姓疫死，田穀焦槁。

【生活】

邵雍之弟子田述古生（卒於西元 1098 年，年七十一）。

宋仁宗天聖六年戊辰（公元 1028 年）十八歲

【時事】

五月，交阯寇邊。七月，江寧府、揚、眞、潤州江水溢，壞官民廬
舍，遣使安撫振卹。

【生活】

初學寫大字，並學人飲酒、吟詩。（〈憶昔吟〉卷十二，〔註4〕）

邵雍之弟子楊國寶生。

【備考】

林逋卒。

宋仁宗天聖七年己巳（公元 1029 年）十九歲

【時事】

閏二月，募民入粟以振河北水災流民。

三月，復制舉六科，增高蹈丘園、沉淪草澤、茂才異等科。

【生活】

邵雍早歲徒步遊學，至有所立艱哉。（《聞見前錄》卷十八，頁 4）

既長，游學晉州山路。馬失，同墜深澗中。從者攀緣下尋，公無所
傷，唯壞一帽。（《聞見前錄》卷十八，頁 2）

邵雍少日遊學，母李夫人思之，恍惚至倒誦佛書。遂亟歸，不復出。
其後李夫人捐館，邵雍哀毀甚躬。（《聞見前錄》卷十八，頁 4）

〔註 4〕憶昔吟作品完成在六十三歲，推算四十五年前學寫大字書法當在今
年。

宋仁宗天聖八年庚午（公元 1030 年）二十歲

【時事】

六月，呂夷簡上新修國史。

是歲，高麗、占城、邛部川蠻來貢。

【生活】

年二十，求學於鄉人，遂盡鄉人之情。（參觀《皇極經世書・無名公傳》）

邵雍於書無所不讀，獨以六經為本，蓋得聖人之深意。平生不為訓解之學，嘗曰：「經意自明，苦人不知耳。」（《聞見前錄》卷十九）

又十餘年，是女子（雍同胞死胎之姊妹）又來別雍生母李夫人，泣曰：「為庸醫所誤二十年方得受生，與母緣重，故相別」。（《聞見前錄》卷十八）此釋氏輪迴之說，與李夫人信佛甚篤有關。

【備考】

李挺之，天聖八年同士出身，初為衛州獲嘉縣主簿，權其城令，邵雍從其學易。（《宋人傳記資料索引》1017 頁）

沈括出生。富弼中制科。歐陽修試禮部第一。張先、石介中進士。

宋仁宗天聖九年辛未（公元 1031 年）二十一歲

【時事】

夏六月，契丹主遼聖宗隆緒殂，子宗真立，改元景福，號興宗。

冬十月，詔公卿大夫勵名節。閏十月，翰林侍讀學士孫奭請老，命知袞州，曲宴太清樓送之。

【生活】

邵雍生母駕返瑤池，居喪期間，自爨以養父親，並置家蘇門山下。雍獨築室百源之上，時，李成之子挺之，東方大儒也。權共城縣

令，一見雍心相契，授以大學。雍益自克勵，三年不設榻，晝夜
危坐以思，寫周易一部，貼屋壁間，日誦數十遍。聞汾州任先生
者有易學，又往質之。挺之去為河陽司戶曹，雍亦從之。寓州學，
貧甚，以飲食之油貯燈讀書，一日，有將校自京師出。戍者，見
雍曰：「誰苦學如秀才者？」以紙百幅，筆十枝為獻，雍辭而後受。
每舉此語，先夫人（雍妻王夫人），「吾少艱難如此，當為子孫言
之。」（《聞見前錄》卷十八，頁4）

北海李之才攝共城令，聞邵雍好學，嘗造其廬，謂曰：「子亦聞物
理性命之學乎？」雍對曰：「幸受教。」乃事之才，受河圖、洛書、
宓羲八卦六十四卦圖像。（《宋史》四二七卷）

李之才，字挺之，青社人。為人質樸，無少矯厲，師河南穆脩，……
之才初為主簿，權共城令，時邵雍居母憂於蘇門山百源之上。之才
扣門來訪，勞苦之曰：「好學篤志果何似？」雍曰：「簡策之外未有
適也。」之才曰：「君非跡簡策者，其如物理之學何？」他日則又
曰：「不有性命之學乎？」雍再拜，願受業。於是先示以陸淳春秋，
意欲以春秋表儀五經，既可，語五經大旨，則授易終焉。……（明，
柯維騏，《宋史新編》，卷一百六十三，李之才）

邵雍少日喜作大字，其師李挺之曰：「學書妨學道。」（《聞見前錄》
卷十八，頁15）

【備考】

吳充，今年出生。

宋仁宗明道元年壬申（公元 1032 年）二十二歲

【時事】

八月，以晏殊為樞密副使，參知政事。仁宗十一月改元明道。

夏王趙德明卒，子元昊嗣。遼興宗改元重熙。

宋仁宗明道二年癸酉（公元 1033 年）二十三歲

【時事】

劉太后崩，帝始親政。

四月，召還宋綬、范仲淹。己未，呂夷簡、張耆、夏竦、陳堯佐、范雍、趙稹、晏殊皆罷。

十月，張士遜、楊崇勛罷，以呂夷簡爲門下侍郎，同中書門下平章事，昭文館大學士。

【備考】

程頤今午出生。

宋仁宗景祐元年甲戌（公元 1034 年）二十四歲

【時事】

春正月，發江、淮漕米振京東飢民。

七月，夏王元昊建元開運。八月，改元廣運。夏王元昊寇環慶。

【生活】

雍覃思於易，夜不設席，且不再食，三年而學以大成。（《宋名臣言行錄外集》，卷五，《四庫全書》第四四九冊，台灣商務本）

【備考】

柳永第進士。

宋仁宗景祐二年乙亥（公元 1035 年）二十五歲

【時事】

二月，李迪罷。以王曾爲門下侍郎，同中書門下平章事、集賢殿大學士。王隨、李諮知樞密院事，蔡齊、盛度參知政事，王德用、韓億同知樞密院事。

【生活】

共城百泉故居，有園數十畝，種桃、李、梨、杏之類，在衛州之西

郊。(〈共城十吟小序〉卷二十)

邵雍父繼娶楊夫人當在今年之前,因雍弟睦生於明年。(邵雍母物化於雍年二十至二十二之間。)

宋仁宗景祐三年丙子(公元1036年)二十六歲

【時事】

夏王元昊,改元大慶。

五月,天章閣待制范仲淹坐譏刺大臣,落職知饒州。集賢校理余靖、飴館閣校勘尹洙、歐陽修並落職補外。

【生活】

邵雍曾手寫易、書、詩、春秋,字端勁,無一誤失。(邵博,《聞見後錄》卷五)

邵雍與祖無擇初相逢於海東,曾有共飲交情三十年,後祖氏歸洛時,又同遊洛社。

邵雍之弟睦,始生。睦乃後母楊夫人所出,力學孝謹,事雍如父。(《聞見前錄》卷二十)

【備考】

蘇軾今年出生。

宋仁宗景祐四年丁丑(公元1037年)二十七歲

【時事】

四月,呂夷簡、王曾、宋綬、蔡齊罷。以王隨爲門下侍郎同中書門下平章事,昭文館大學士,陳堯佐同中書門下平章事,集賢殿大學士,盛度知樞密院事,韓億、程琳、石中立參知政事,王馥同知樞密院事。

【生活】

邵雍少時游京師,與國子監直講邵必(字不疑)相交,二人敘宗盟,

不疑年長，雍以兄拜之。

宋仁宗寶元元年戊寅（公元 1038 年）二十八歲

【時事】

夏王元昊稱大夏帝，改元天授，禮法延祚。

三月，王隨、陳堯佐、韓億、石中立罷。以張士遜爲門下侍郎，同中書門下平章事，昭文館大學士。

章得象同中書門下平章事，集賢殿大學士。王鬷、李若谷並參知政事，王博文、陳執中同知樞密院事。

是歲，達州大水。

【生活】

邵雍自云：「昔人尙友於古，而吾獨未及四方。」於是踰河、汾、涉淮、漢、周流齊、魯、宋、鄭之墟（《宋史》四二七卷）。

【備考】

四月，王博文卒。

宋仁宗寶元二年己卯（公元 1039 年）二十九歲

【時事】

正月，安化蠻平。九月，出內庫銀四萬兩，易粟振益、梓、利、夔路飢民。

【備考】

蘇轍出生。

宋仁宗康定元年庚辰（公元 1040 年）三十歲

【時事】

西夏入寇。

三月，詔大臣條陝西攻守策。命韓琦治陝西城池。

八月，詔范仲淹、葛懷敏領兵驅逐塞門等砦蕃騎出境。九月，以晏殊爲樞密使。

【生活】

邵雍年三十，游河南。葬其親伊水上，遂爲河南人。(《宋史》四二七卷)

年三十，求學於國人，遂盡國人之情。(參觀《皇極經世書‧無名公傳》)

邵雍自云：「昔人尙友於古，而吾獨未及四方。」於是踰河、汾，涉淮、漢、周流齊、魯、宋、鄭之墟。(《宋史》四二七卷)

宋仁宗慶曆元年辛巳（公元 1041 年）三十一歲

【時事】

西夏入寇，范仲淹、韓琦禦之。

【生活】

大名王豫，嘗於雪中深夜訪之，猶見邵雍儼然危坐，蓋心地虛明，所以能推見天地萬物之理。(《宋元學案》卷九百源學案，頁209，世界書局本)

慶曆間，先生隱居山林，留心學易，冬不爐，夏不扇，心在易而忘於寒暑也。猶爲未至，遂糊易在壁，坐臥不嘗忘，心目無不在焉。(《邵康節先生外紀》卷四，〈家傳邵康節先生心易數序〉)。定國案：伯溫《聞見前錄》所載年代略前，在李挺之之權共城令時，已置之雍二十歲那年。兩者不知孰是？今兩存之。

【作品】

觀棋大吟（卷一）〔註5〕

〔註5〕《擊壤集》作品以皇祐元年始標示年代，且多以客觀立場，柔性語態出之。惟獨本詩，語氣激昂，內容抨擊征遼之不當，是壯年所爲，今估且置此。

宋仁宗慶曆二年壬午（公元 1042 年）三十二歲

【時事】

三月，詔殿前指揮使、兩省都知舉武臣才堪為將者。

三月，契丹求地，遣富弼報之。弼不允割地，後朝廷歲增銀、絹各十萬匹、兩，自是通好如故。

【生活】

自今而後，雍之志氣日益消磨，當對家國內憂外患有深切而無奈之了解。詩云：「無才濟天下，有分樂豐年」又云：「此心不為人休戚，二十年來已若灰」（卷四，參見「天津新居成謝府尹王君貺尚書」和「新春吟」）

【備考】

與祖無擇相交三十年，始識於今年。（〈代書寄祖龍圖〉，卷九）

王安石、韓絳第進士。

宋仁宗慶曆三年癸未（公元 1043 年）三十三歲

【時事】

二月，賜陝西招討韓琦、范仲淹、龐籍錢各百萬。

三月，呂夷簡罷為司徒、監修國史，與議軍國大事。以章得象為昭文館大學士，晏殊為集賢殿大學士兼樞密使，夏竦為樞密使，昌朝參知政事。

七月，命任中師宣撫河東，范仲淹宣撫陝西。

八月，以范仲淹參知政事，富弼為樞密副使。韓琦代范仲淹宣撫陝西。

【生活】

自三十餘歲起，邵雍聚會有四種情況不赴，如公會、生會、廣會、醉會。公會意指官方聚會，生會意指生日晏會，廣會疑指人員眾多

的大聚會，醉會意指容易入醉的聚會。且有四種情形不出門，如大寒、大暑、大風、大雨。見邵雍不僅對有形之身體重視保養，對無形的靈性心神也懂得保養。人生俗務多，如能免紛紜，自是養生之道。（〈四事吟〉卷十三）

宋仁宗慶曆四年甲申（公元 1044 年）三十四歲

【時事】

冊趙元昊為夏國主。

二月，出奉宸庫銀三萬兩振陝西饑民。六月，范仲淹宣撫陝西、河東。

七月，契丹遣使來告伐夏國。

八月，命賈昌朝領天下農田，范仲淹領刑法事。富弼宣撫河北。命右正言余靖，報使契丹。保州雲翼軍殺官吏，據城叛。九月，晏殊罷，以杜衍同中書門下平章事兼樞密使，集賢殿大學士。賈昌朝為樞密使，陳執中參知政事。

【備考】

九月，呂夷簡薨。

十月，陳堯佐薨。

宋仁宗慶曆五年乙酉（公元 1045 年）三十五歲

【時事】

春正月，契丹遣仗來告伐夏國還。范仲淹、富弼、杜衍罷。三月，韓琦罷。

四月，章得象罷，賈昌朝為昭文館大學士，陳執中同中書門下平章事，集賢殿大學士兼樞密使。吳育參知政事，丁度為樞密副使。

【生活】

慶曆間，邵雍過洛，館於水北湯氏，愛其山水風俗之美，始有卜築

之意。(《聞見前錄》，卷十八，頁 4)

三十五歲以前，邵雍之家境一直在艱苦之中。(定國案，雍「自憫」
詩云：「五七年來併家難」，《擊壤集》卷六，應指此事。)

宋仁宗慶曆六年丙戌（公元 1046 年）三十六歲

【時事】

八月，策試賢良方正能直言極諫，并試武舉人。以吳育爲樞密副使，
丁度參知政事。

【生活】

慶曆中，富弼留守西京，府園牡丹盛開。問邵雍：「此花幾時開盡？」
曰：「盡於來日午時。」明日乃會客驗其言。飲畢，無恙。須臾，
群馬飛逸，啼嚙，花叢盡毀。(《古今詩麈》邵雍條，廣文書局景印
中央圖書館本，百三二二)

邵雍在伊川釣魚，初與呂誨相識。〔註 6〕

冬，邵雍病，歸自京師（京師即河南開封，又稱汴梁、汴京）。定
國案：雍今年參加制科鎩羽而歸，前此亦至少有二次參加科考。擊
壤集卷十二，小車吟：「自從三度絕韋編」，疑暗指三度制科落第。

【作品】

過比干墓、自遣（卷二十，集外詩）〔註 7〕

宋仁宗慶曆七年丁亥（公元 1047 年）三十七歲

【時事】

三月乙未，賈昌朝罷，以陳執中爲昭文館大學士，夏竦同中書門下

〔註 6〕卷七，代書寄南陽太守呂獻可諫議。又《聞見前錄》卷十，頁 9，獻
可云「邂阻風巳廿年」，《擊壤集》卷七「答堯夫見寄」云：「邂阻風
巳十年」，二詩不同，作「廿年」是也。

〔註 7〕〈自遣詩〉云：「知我爲親老」，則知雍的生父和繼母尚在世，因寫
於共城十吟之前，故此二首詩暫置於今年。

平章事，集賢殿大學士，吳育爲給事中歸班，文彥博爲樞密副使。
丁酉，以夏竦爲樞密使，文彥博參知政事，高若訥爲樞密副使。

【生活】

春，共城花園花開繁茂，邵雍在賞花之餘作共城十吟。(〈共城十吟
小序〉卷二十)

邵雍居河南共城（百泉）的生活於今年結束，明年底遷往洛陽。

邵雍之易學除傳子父外，唯傳王豫、張崏。(定國案：由宋元學案
百源學案推知《皇極經世》著作遷洛前已完成。宋元學案卷三十三，
王張諸儒學案，頁665王豫、張崏兩條)

【作品】

《皇極經世》六十卷，《漁樵問對》(明嘉興刻本，台北廣文書局出
版)。

共城十吟十首（另小序一篇）(卷二十)、寄楊軒（卷二十）〔註8〕

【備考】

十月，李迪薨。

宋仁宗慶曆八年戊子（公元1048年）三十八歲

【時事】

春正月，文彥博宣撫河北。又文彥博同中書門下平章事，集賢殿大
學士。

三月，幸龍圖天章閣，詔輔臣曰：「西陲備禦，兵冗賞濫，罔知所
從，卿等各以所見條奏。」

四月，西夏趙元昊卒，子毅宗、諒祚立，受宋冊封爲夏王。七月，
河北水，令州縣募飢民爲軍，辛丑，罷鑄鐵錢。

【生活】

〔註8〕〈共城十吟小序〉末云：「慶曆丁亥歲」即作於今年之証據。

邵雍與父母，家人離開共城百源故居，遷居洛陽。（《擊壤集》卷一，閒吟四首之三）家無二頃之田。（參見《擊壤集》卷一，〈閒吟四首之三〉；卷六，〈和王不疑郎中見贈〉「二十年來住洛都」；卷十一〈老去吟〉「行年六十有三歲，二十五年居洛陽」；〔註9〕）

初至洛，蓬蓽環堵，不芘風雨，邵雍躬樵爨以事父母，雖平居屢空，而怡然有所甚樂，人莫能窺也。（《宋史》四二七卷）〔註10〕

【備考】

六月，章得德象，薨。明鎬卒。

宋仁宗皇祐元年己丑（公元 1049 年）三十九歲

【時事】

正月，河北水災。二月，河北疫。

三月，契丹遣使來告伐夏。九月，自河南進以伐夏。十月，契丹復伐夏。

八月，陳執中罷。以文彥博爲昭文館大學士，宋庠同中書門下平章事，集賢殿大學士，龐籍爲樞密使，高若訥參知政事，梁適爲樞密副使。九月，廣源州蠻儂智高反。西夏毅宗改元延嗣寧國。

【生活】

去年底今年初，邵雍自衛州共城，奉父親遷居洛陽，門生武陟、知縣侯紹助其行，此後以教授生徒爲生。初寓天宮寺三學院。後來，各人爲置宅履道坊西天慶觀東，趙諫議借田於汝州葉縣。再後，王

〔註 9〕 今年底邵雍遷居洛陽。《擊壤集》卷一閒吟四首之三有「居洛八九載，投心唯二三」句，此首詩寫在雍四十七歲時，故可逆推邵雍於此年後遷居洛陽。初至洛，蓬蓽環堵，不芘風雨，躬樵爨以事父母，雖平居屢空，而怡然有所甚樂，人莫能窺也。（《宋史》四二七卷）

〔註10〕 雍三十葬親，是三十整，抑近三十，待查親爲何人？雍之生母？前文雍生母已去逝，此處存疑。今綜觀資料，《宋史》云：「雍三十遊河南」，是也。然與「葬其親伊水上遂爲河南人」爲兩事，其親非亡於今年。上下句連讀則易生滋擾，宋史文字曖昧也。

不疑同鄉人買田於河南延秋村，雍復還葉縣之田。(《聞見前錄》卷
十八，頁 5)

邵雍與父等遷居洛陽，富弼、司馬光諸人爲買宅第，今年履道坊西
天慶觀東之新居落成。新居繞室有水一溝，有竹數竿，既得庇風雨，
又堪以養志。

【作品】

過溫寄鞏縣宰吳祕丞、新居成呈劉君玉殿院、寄謝三城太守韓子華
舍人（以上卷一）

【備考】

秦觀生於今年。

宋仁宗皇祐二年庚寅（公元 1050 年）四十歲

【時事】

西夏毅宗改元天祐重聖。

春正月，以歲饑罷上元觀燈。

閏十一月，河北水，詔蠲民租，出內藏錢四十萬緡，絹四十萬匹付
河北路，使措置是歲芻糧。

【生活】

邵雍居洛，凡交游年長者拜之，年等者與之爲朋友，年少者以子弟
待之，未嘗稍異。(《聞見前錄》卷二十)

初遷洛，邵雍與劉元瑜（君玉）、呂獻可（靜居）、張師錫、張景伯、
師景憲、王益柔（勝之）、王諤（師柔）、張師雄、劉几（伯壽）、
劉忱（明復）、李寔（景眞）、吳執中、王起（仲儒）、李育（仲象）、
李籲（端伯）、姚奭（周輔）等人交遊最密，其人或稱侶友，或稱
門生。〔註 11〕

〔註 11〕 《聞見前錄》卷十八，頁 5，台北廣文書局，筆記三編本。

宋仁宗皇祐三年辛卯（公元 1051 年）四十一歲

【時事】

八月，遣使安撫京東、淮南、兩浙、荊湖、江南飢民。

【生活】

邵雍每歲春二月出，四月天漸熱即止。八月出，十一月天寒即止。每出人皆倒屐迎致，雖兒童奴隸皆知尊奉。每到一家，子弟家人爭具酒饌問其所欲，不復呼姓，但名曰吾家先生至也。雖閨門骨肉間事，有未決者亦求教。雍以至誠爲之開諭，莫不悅服。且有十餘家建造如邵雍所居之安樂窩以待其來，謂之「行窩」。（《聞見前錄》卷二十）

宋仁宗皇祐四年壬辰（公元 1052 年）四十二歲

【時事】

范仲淹卒，年六十四。胡瑗爲國子監直講。

四月，廣源州蠻儂智高反。九月，以狄青爲宣徽南院使，宣撫荊湖路，提舉廣南經制賊盜事。

是歲，河北路及鄜州水。

宋仁宗皇祐五年癸巳（公元 1053 年）四十三歲

【時事】

狄青平儂智高。西夏毅宗元福聖承道。

九月，契丹與夏平。

【備考】

陳師道，晁補之出生。

宋仁宗至和元年甲午（公元 1054 年）四十四歲

【時事】

正月，詔：「京師大寒，民多凍餒死者，有司其瘞埋之。」

二月，詔：「治河堤民有疫死者，蠲戶稅一年，無戶稅者，給其家錢三千。」

宋仁宗至和二年乙未（公元 1055 年）四十五歲

【時事】

封孔子裔孫愿為衍聖公。

六月，陳執中罷。以文彥博同中書門下平章事、昭文館大學士，劉沆監修國史。富弼同中書門下平章事，集賢殿大學士。

【生活】

今年娶學生王允脩之妹王氏。（因門生京師太學博士姜愚〔註12〕、潞州張仲賓太博為媒，門生張仲賓備聘）〔註13〕

【備考】

正月，晏殊薨。

宋仁宗嘉祐元年丙申（公元 1056 年）四十六歲

【時事】

包拯知開封府

四月，諸路言江、河決溢，河北尤甚。八月，狄青罷。以韓琦為樞密使。

【生活】

新春，鄭守王密學惠贈新酒，邵雍飲之小園紅樹下。園名小隱，在園中植有百本花草，正值陽春，故紅紫燦爛，新芽突突。秋，小園

〔註12〕 姜愚，字子發，京師富家、氣豪樂施。長康節公一日，從康節學，稱門生，後登進士第，月分半俸奉康節。治平間知壽州知縣，以目疾分司居新鄉。子發死，康節以子發女嫁河南進士紀輝，視之如己女；邵伯溫以姊事之（《聞見前錄》卷十八）。

〔註13〕 《邵康節先生外紀》卷一。

白菊帶雪放，雖無艷色，但有清香。

邵雍年四十六，白髮過半，感光陰之荏苒。

嘉祐年邵雍卜居洛陽天津橋附近，至熙寧初，王君貺、司馬光等二十餘家出錢買券契。（〈天津敝居蒙諸公共爲成買……〉卷十三）

【作品】

依韻和張元伯職方歲除、謝鄭守王密學惠酒、小園逢春、和張二少卿丈白菊（以上卷一）

【備考】

與陳章執別，二十年後猶能不計世態而飛書致候。（〈代書寄陳章屯田〉卷十九）

宋仁宗嘉祐二年丁酉（公元 1057 年）四十七歲

【時事】

西夏毅宗改元奲都。

四月，幽州大地震，壞城郭，覆壓死者數萬人。

九月，契丹來聘，遣翰林學士胡宿報之。

【生活】

邵雍生男，名伯溫。

我今行年四十七，生男方始爲人父。（《擊壤集》卷一，〈生男吟〉，〈閒吟四首之二〉又《聞見前錄》卷十八頁 2「我今行年四十七，生男方始爲人父」）。〔註14〕

〔註14〕定國案：嘉祐元年〈依韻和張元伯職方歲除〉詩云：「及正四十六，老去恥無才。」是年邵雍四十六歲。嘉祐二年〈生男吟〉詩云：「我本行年四十五，生男方始爲人父。」本年應是四十七，所說卻倒退一歲。但同年作品有〈閒吟四首之二〉云：「予年四十七……生男始爲父。」此正確，所以推知「我本行年四十五」之「五」，應是「七」之誤，又雍四十五成婚，四十七生子合理也。）

九九重陽日，邵雍再到河南共城百源故居，然一別已十年。(《擊壤集》卷二，重陽日再到共城百源故居；春遊五首之四；秋遊六首之四)

【作品】

生男吟、閑吟四首、和張少卿丈再到洛陽、高竹八首 (以上卷一)、秋日飲鄭州宋園示管城簿周正叔、重陽日再到共城百源故居 (以上卷二)

【備考】

三月，狄青卒。

伯溫生子邵溥，不知邵雍生前及見否？曾以禮部郎使燕，道涿州良鄉拜墓。〔註15〕

宋仁宗嘉祐三年戊戌 (公元 1058 年) 四十八歲

【時事】

六月，文彥博、賈昌朝罷，以富弼爲昭文館大學士，韓琦同中書門下平章事，集賢殿大學士。宋庠、田況爲樞密使，張昇爲樞密使。

【生活】

今年邵雍遠遊山西、陝西等地。此行似乎長達二、三年。〔註16〕

【作品】

過陝、題黃河、過潼關、題華山、宿華清宮、登朝元閣、長安道路作、題留侯廟、題淮陰侯廟十首、鳳州郡樓上書所見、自鳳州還至秦川驛寄守倅薛姚二君 (以上卷二)

〔註15〕 參見《困學紀聞》卷二十識篇邵康節條之原注。
〔註16〕 邵雍《擊壤集》卷十九「爲客吟」四首之一：「忽憶南秦爲客日……歲月於今十九年」正指四十八歲遠遊山西、陝西等地。

【備考】

王堯臣卒。初識龔章。（卷十三，依韻和戒悴龔章屯田）

宋仁宗嘉祐四年己亥（公元 1059 年）四十九歲

【時事】

二月，交阯寇欽州。

【生活】

邵雍遠游山西、陝西等地。

邵雍之弟子晁說之生（卒於西元 1129 年，年七十歲）

【作品】

謝西臺張元伯雪中送詩、送猗氏張主簿（以上卷二）

【備考】

陳執中卒。

宋仁宗嘉祐五年庚子（公元 1060 年）五十歲

【時事】

七月，交阯與甲峒蠻合兵寇邊。歐陽修上新修唐書。十一月，歐陽修等爲樞密副使。

【生活】

今年二、三、四、七、八、九月邵雍皆出門遊洛源。（〈川上懷舊四首之一〉卷三）

在旅途經過商山、洛水，並看秦山。道中逢多雪、早梅，且遊中逢新歲。此對生活而言，甚少發生。因爲邵雍除春秋季節天和日麗方出家門，一般時節絕少遠遊。

邵雍之弟子陳瓘生。

【作品】

新正吟、春遊五首、竹庭睡起、秋遊六首、秋日即事、商山道中作、和商洛章子厚長官早梅、商山旅中作、和商守宋郎中早梅、和人放懷、和商守登樓看雪、和商守西樓雪霽、和商守雪殘登樓、和商守雪霽對月、和商守雪霽登樓、旅中歲除。（以上卷二）

【備考】

劉沆卒。梅堯臣卒，五十九歲。

宋仁宗嘉祐六年辛丑（公元 1061 年）五十一歲

【時事】

三月，富弼以母喪去位。

四月，陳升之罷，以包拯爲樞密副使。出諫官唐介、趙抃、御史范師道、呂誨。六月，以司馬光知諫院。以王安石知制誥。七月，泗州、淮水溢。

閏八月，以韓琦爲昭文館大學士。曾公亮同中書門下平章事、集賢殿大學士。張昇爲樞密使，胡宿爲樞密副使。其後，歐陽修參知政事，與韓琦同心輔政。

【生活】

丞相富弼相招出仕，邵雍以詩婉拒。雍夙有用舍無定的心志，早欲甘老在樵漁。（《擊壤集》卷二，〈謝富丞相招出仕〉二首、〈答人放言之二〉。卷三，〈龍門道中作〉、〈三十年吟〉）。

今年邵雍再遊洛川。先前足傷，阻出門逾月，且讓雙親耽憂（卷三，〈傷足〉），今己無礙。則遊洛川而拜訪張載。

歐陽修爲相，因明堂給享赦，詔天下舉遺逸。歐陽公意謂河南府必以邵雍應詔。時文彥博尹洛，以兩府禮召見康節，康節不屈，遂以福建黃景（黃子蒙）應詔。（《聞見前錄》卷十八，頁7）

自今年始邵雍不讀詩書，任情渡日。（卷十二，〈小車吟〉）不讀書應解作不讀不喜讀的書，意指所讀之書皆合性情志趣。既無濟事的

機會，當可少讀許多無益之書。(〈讀古詩〉卷十四；〈答和吳傳正贊善二首〉卷十八)

【作品】

和商守新歲、追和王常侍登郡樓望山、題四皓廟四首、謝商守宋郎中寄到天柱山戶帖仍依元韻、寄商守宋郎中、小圃睡起、遊山三首、二色桃、登山臨水吟、謝富丞相招出仕二首、答人語名教、送王伯初學赴北京機宜、答人放言(以上卷二)。賀人致政、放言、初秋、偶書、傷足、閑行、晨起、月夜、盆池、遊山二首、龍門道中作、名利吟、何事吟、三十年吟、遊洛川初出厚載門、宿延秋庄、宿壽安西寺、過永濟橋二首、至福昌縣作、燕堂即事、上寺看南山、縣尉廨宇蓮池、女几祠、故連昌宮、川上懷舊四首、燕堂暑飲、燕堂閑坐、立秋日川上作、辨熊耳、登女几、川上南望伊川、牧童、夢中吟三鄉道中作、秋懷三十六首、和陝令張師柔石柱村詩(以上卷三)

【備考】

宋祁卒。

宋仁宗嘉祐七年壬寅（公元 1062 年）五十二歲

【時事】

冬十月，詔內藏庫、三司共出緡錢一百萬，助糴天下常平倉。

十二月，帝幸寶文閣，作觀書詩，命韓琦等屬和。

【生活】

邵雍在洛陽附近的天津古橋新居落成，此為雍居洛第三次遷居，初借住天宮寺三學院(西元 1049 年)，次於皇祐年間(西元 1049 至 1056 年)遷住履道坊西、天慶觀東。今年天津橋附近之新居為古蹟名勝之區，天津橋跨沿洛河兩岸，在宋時十分繁華。雍三十八、九歲遷洛時，富弼、司馬光為買宅(履道坊西之宅)，今天津橋宅

恐係王拱辰等二十餘家所購，故爲詩謝之。（〈天津新居成謝府君王群貺尙書〉卷四）

王拱辰守洛，就天宮寺西，天津橋南，五代節度使安審琦宅故基，以郭崇韜廢宅餘材爲居三十間，請邵雍遷居之，名安樂窩，雍因自號安樂先生。富公命其客孟約，買對宅一園，皆有水竹花木之勝。（《聞見前錄》卷十八，頁5）

邵雍有子一雙，教之以仁義，授之以六經。（參觀《擊壤集》卷四〈答人見寄〉及《皇極經世書・無名公傳》）

【作品】

天津新居成謝府尹王君貺尙書、新春吟、有客吟、小圃逢春、暮春吟、惜芳菲、答人見寄、弄筆、問人丐酒、答客、悟人一言、謝人惠筆、書事吟、雙頭蓮、答人書意、答人書言、答人書、與人話舊、閑吟、閑坐吟、天津閑步、天津幽居、天津水聲、不寢、天宮小閣、聽琴、天津感事二十六首、誠明吟、繩水吟、辛酸吟、言默吟、閑居述事、天宮小閣納涼、天宮幽居即事、遊龍門、重遊洛川、川上觀魚。（以上卷四）

【備考】

邵雍居天津橋時，堂上慈親八十餘（〈閑居述事之四〉卷四）。〔註17〕包拯卒。

宋仁宗嘉祐八年癸卯（公元1063年）五十三歲

【時事】

西夏毅宗改元拱化。

塞爾柱突厥拓境至達馬士革。

三月，仁宗崩于福寧殿，遺制皇子英宗即皇帝位，曹皇后爲皇太后

〔註17〕慈親指邵雍之後母楊夫人，疑邵雍後母較雍父年齒尚長五、六歲。

聽政。

【生活】

王拱辰尚書尹洛，乃以康節應詔。（《聞見前錄》卷十八，頁 8）

嘉祐中河南府尹王拱辰薦雍以遺逸，邵雍之京師舊友邵必自作薦章。時邵必爲京西提刑。（《聞見前錄》卷二十，又見《宋名臣言行錄外集》，卷五，頁 4，台灣商務四庫本）

邵雍子伯溫爲童子時，常奉几杖於雍之左右，多閱天下之士，故能多從天下名士遊。（《聞見前錄》邵博序文）

【作品】

後園即事三首、觀棋長吟、秋日登崇德閣二首、秋日飲後晚歸、寄陝守祖擇之舍人、哭張元伯職方、哭張師柔長官（以上卷五）

【備考】

好友張景伯（字元伯）卒，景伯，爲師賜子。

好友張諤（字師柔）卒。諤曾官陝縣令，雍嘗託其訪始祖遺烈，諤報以石柱村詩。

與傅欽之初識。（〈謝傅欽之學士見訪〉卷十二）

宋英宗治平元年甲辰（公元 1064 年）五十四歲

【時事】

吐蕃木征乞內附。

四月，曹皇太后還政。八月，遣兵部員外郎呂誨等四人充賀契丹太后生辰正旦使。刑部郎中章岷等四人充契丹主生辰正旦使。畿內及各州、軍大水。

【備考】

門生姜愚知壽州六安縣，以目疾分司居新鄉。（《聞見前錄》卷十八，頁 2）

宋英宗治平二年乙巳（公元 1065 年）五十五歲

【時事】

遼道宗改元咸雍。

六月，帝詔遣官與契丹定疆界。七月，富弼罷。文彥博爲樞密使。

八月，京師大雨，水。

宋英宗治平三年丙午（公元 1066 年）五十六歲

【時事】

春正月，契丹復改國號曰遼。

正月，黜御史呂誨、范純仁、呂大防。

【生活】

邵雍之子邵伯溫完成擊壤集的編輯，時今年八月十五日中秋日。擊壤集由邵雍躬自作序，是故名義雖爲伯溫編輯，猶如雍自編也。雍去逝後，伯溫又有增編。

除夕夜，伊川丈人曰：「吾及新年往矣。」子孫皆侍左右，邵雍和弟睦同酌大杯酒以獻。（《聞見前錄》卷二十）

【作品】

擊壤集自序、和登封裴寺丞翰見寄、何事吟寄三城富相公、代書寄友人、訪姚輔周郎中月陂西園、依韻謝登封劉李裴三君見約遊山、登嵩頂、登封縣宇觀少室、山中寄登封令、歸洛寄鄭州祖擇之龍圖、和祖龍圖見寄、緣飾吟、自況三首、偶書、代書寄商洛令陳成伯（以上卷五）

【備考】

蘇洵卒，五十八歲。

宋英宗治平四年丁未（公元 1067 年）五十七歲

【時事】

正月帝崩，太子頊立，是爲神宗。

西夏毅宗卒，子惠宗秉常立。

正月，富弼改武寧軍節度使，進封鄭國公。三月，歐陽脩罷知亳州。九月，韓琦罷爲司徒。王安石爲翰林學士。樞密副使呂公弼爲樞密使。以權御史中丞司馬光爲翰林學士。十月，富弼罷判河陽。

【生活】

今年邵雍失怙，其父享年七十九。（《擊壤集》卷六，傷二舍弟無疾而化第三首詩，推知其父生西元 989 年。）雍父伊川文人於正月初一捐館，今年伯溫十歲，聞見前錄記伯溫方七歲，七、十乃字體形似而訛誤。（《聞見前錄》卷二十）

邵雍父臨終日：「吾兒以布衣名動朝廷，子孫皆力學孝謹，吾瞑目無憾，何用哭？」遂酌酒飲大杯而氣微，謂康節日：「吾平生不害物，不妄言，自度無罪，即死以肉祭，勿做佛事，亂吾教。無令死婦人手，汝兄弟候吾就小殮，方令家人之哭，勿叫號，俾我失路。」雍泣涕以從。（《聞見前錄》卷二十頁 2）

邵雍與客散步天津橋上，聞杜鵑聲慘然不樂，客問其故？雍日：「不二年上用南士爲相，多南人，專務變更天下，自此多事矣。」（《聞見前錄》卷十九；又《宋名臣言行錄》外集卷五）

夏日，邵雍與弟手足情深，攜手園林，同聽杜鵑鳴叫。

仲秋八月，邵雍遊伊川、洛川半月。六日晚出洛城城西門宿僧舍；七日，溯洛水往南行，夜宿延秋庄；八月渡洛水，登南山觀噴玉泉；九日登壽安縣錦屏山，並宿邑中。十日西過永濟橋，再過宜陽城。十一日到達福昌縣；十二日同福昌令王贊善遊龍潭；十三日遊福昌縣北的上寺和縣西的黃潤；十四日回至福昌縣衙；十五日走回頭，返抵壽安縣錦屏山，十九日回程至伊川遊龍門，二十日抵達洛陽城中。觀所行處範圍不過河南省內數縣距離，不能算是遠遊。

雍近年有頭風之病（《擊壤集》卷六，〈自憫〉）。

【作品】

治平丁未仲秋遊伊洛二川六日晚出洛城西門宿奉親僧舍聽張道人彈琴、七月溯洛夜宿延秋庄上、八日渡洛登南山觀噴玉泉會壽安縣張趙尹三君同遊、九日登壽安縣錦屛山下宿邑中、十日西過永濟橋、過宜陽城二首、十一日福昌縣會雨、依韻和壽安尹尉有寄、十二日同福昌令王贊善遊龍潭、十三日遊上寺及黃澗、十四日留題福昌縣宇之東軒、十五日別福昌因有所感、是夕宿至錦屛山下、十六日依韻酬福昌令有寄、十七日錦屛山下謝城中張孫二君惠茶、壽安縣晚望、十八日逾牽羊阪南達伊川墳上、思程氏父子兄弟因以寄之、十九日歸洛城路遊龍門、留題龍門、龍門石樓看伊川、二十日到城中見交舊、二十二日晚步天津次日有詩、二十五日依韻和左藏吳傳正寺丞見贈、二十九日依韻和洛陽陸剛叔主簿見贈（以上卷五）、代書寄劍州普安令周士彥屯田、和趙充道秘丞見贈、和王不疑郎中見贈、和魏教授見贈、和吳沖卿省副見贈，和孫傳師秘校見贈、依韻和陳成伯著作長壽雪會、依韻和陳成伯著作史館園會上作、和夔峽張憲白帝城懷古（以上卷六）

【備考】

吳充、吳傳正為父子。吳充西元 1031 年出生，今年三十七歲。依此推測，吳傳正今天二十餘歲。

蔡襄卒。

宋神宗熙寧元年戊申（公元 1068 年）五十八歲

【時事】

四月，詔王安石入對。

七月，京師、河朔地震。八月，詔京東、西路存恤河北流民。

【生活】

初夏，邵雍之弟睦無疾而終，享年三十二。事出突然，雍爲之一改平和情性，陷於淒苦境地。是年邵之後母楊夫人尙在世。(《擊壤集》卷六，傷二弟無疾而化第三首詩；《聞見前錄》卷二十)

熙寧初，行買官田之法。邵雍天津之居亦官地。榜三月，人不忍買。諸公曰：「使先生之宅，他人居之，吾輩蒙恥矣。」司馬溫公而下，集錢買之。雍以詩謝。……今宅契司馬溫公戶名，園契富韓公戶名，莊契王郎中(王君貺)戶名，初不改，熙寧六年方改屬邵雍之名義。(《聞見前錄》卷十八，頁6)

【作品】

閑適吟、桃李吟、傷心行、傷二舍弟無疾而化二首、傷二舍弟無疾而化、聽杜鵑思亡弟、書亡弟殯所、南園南晚步思亡弟、自憫、戊申自貽 (以上卷六)

【備考】

邵雍之弟，邵睦，年三十二早卒，遺有二子。

門生姜愚，老益貧且喪偶，自新鄉來投靠昔日舊友樂道，然未受禮遇。康節則典衣贐其行，歸新鄉，未幾卒。(《聞見前錄》卷十八，頁3)

七月，賜布衣王安國進士及第。

宋神宗熙寧二年己酉（公元 1069 年）五十九歲

【時事】

二月，以富弼同中書門下平章事

五月，王安石執政，創制三司條例司，行均輸法及青苗法。六月，御史中丞呂誨以論王安石，罷知鄧州。八月，范純仁以言事多忤王安石，罷同知諫院。十一月，命韓絳制置三司條例。

西夏惠宗秉常改元乾道。

【生活】

邵雍閒居生活，泰半讀易、吟詩、賞花、飲酒。

田棐爲富弼問邵雍可出否？可出，官聘之。不可，命爲處士。(《宋元學案補遺》第三卷 178 頁下)

帝詔舉遺逸，呂誨、吳充、祖無擇交相薦邵雍。歐陽修薦常秩，除雍秘書省校書郎，穎川團練推官，辭不許。既受命，即引病，以詩答鄉人不起之意。(程兆熊，邵康節的無可主張，香港人生雜誌社十卷 6 期 114 號，民國 44 年 8 月 1 日；又《聞見前錄》卷十八頁 9；又見《宋名臣言行錄外集》卷五頁 4；《四庫全書》四四九冊 695 頁)

熙寧初邵必以龍圖閣學士知成都府，過洛，謂邵雍曰：「某陛辭日再薦先生矣！」雍追送洛別去。不久，邵必次金牛驛暴卒，喪歸。雍哭之慟。(《聞見前錄》卷二十)

【作品】

代書寄北海幕趙充道太博、依韻和王不疑少卿見贈、仁者吟、東軒消梅初開勸客酒二首、清風長吟、垂柳長吟、落花長吟、芳草長吟、春水長吟、花月長吟、同府尹李給事遊上清宮、乞笛竹栽於李少保宅、思山吟、恨月吟、愁花吟、和張子望洛陽觀花、落花短吟、芳草短吟、垂柳短吟、春水短吟、清風短吟、暮春寄李審言龍圖、初夏閑吟、代書答開封府推官姚輔周郎中（以上卷六）、代書寄濠倅張都官、詔三下答鄉人不起之意、和王安之少卿韻、依韻和劉職方見贈、代書謝王勝之學士寄萊石茶酒器、崇德閣下答諸公不語禪、天宮小閣倚欄、代書寄華山雲臺觀武道士、代書寄長安幕張文通、和人聞韓魏公出鎮永興過洛、代書寄白波張景眞輦運、代書寄鄞江知縣張太博、先幾吟、秋暮西軒、天津閒步、寄和長安張強二機宜、代書答淮南憲張司封、偶得吟、代書寄友人（以上卷七）

宋神宗熙寧三年庚戌（公元 1070 年）六十歲

【時事】

二月，以司馬光為樞密副使，凡九辭，詔收還敕誥。

三月，孫覺、呂公著、張戩、程顥、李常上疏極言新法，不聽。

九月，司馬光罷知永興軍。

十二月，王安石推行保甲法及募役法，以韓絳、王安石並同中書門下平章事、王珪參知政事。

是歲河北、陝西旱饑、除民租。

【生活】

邵雍似從今年起常參與洛社詩社的唱和（〈依韻和三王少卿同過敝廬〉卷七）

邵雍好種竹，愛其經歲綠意，生機悠長。今年兒女十二、三歲戲於眼前，又喜又潸，回憶兒時四、五歲嬉戲父母前之景。定國案：雍有二子，長子伯溫字子文，次子仲良，名不顯，似早卒。或尚有女兒，而典籍不詳，暫存疑（〈長憶乍能言〉卷十三）

六十歲始，雍有頭風之疾；因家貧，無專用童僕，年老不便，故頗自憫。（〈自憫〉卷六）

今年寄詩予呂誨諫議，呂氏方得罪王安石而謫官出知鄧州，距初識時已二十四年。（〈代書寄南陽太守呂獻可諫議〉卷七）（《邵氏聞見錄》，卷十，頁 9）

王安石新法推行，使鹽鐵、酒公營，市面上沽酒不易，邵雍以「每有賓朋至，盡日閑相守」抨擊新法的擾民不便。（〈無酒吟〉卷七）

初行新法，天下騷然。先生（邵雍）閒居林下，門生故舊仕宦四方者皆欲投劾而歸。以書問先生，先生曰：「正賢者所當盡力之時，新法固嚴，能寬一分民受一分之賜矣。投劾而去何益？」（《宋名臣言行錄外集》，卷五）

邵雍對山西省的龍山龍門有特別好感，前數年曾遊，今年與王尙恭一歲又四五遊。(〈和王安之少卿同遊龍門〉卷八)

【作品】

風吹木葉吟、閑行吟、對花飲、春盡後園閑步、代書寄吳傳正寺丞、洛下園池、夢過城東謁洛陽尉楊應之、代書寄前洛陽簿陸剛叔秘校、答人乞碧蘆、逍遙吟、偶得吟、每度過東鄰、每度過東街、君子與人交、唯天有二氣、無客迴天意、放小魚、依韻和田大卿見贈、乞笛竹、依韻和王不疑少卿招飲、再和王不疑少卿見贈、依韻和三王少卿同過弊蘆、代書寄南陽太守呂獻可諫議、寄吳傳正寺丞、寄前洛陽簿陸剛叔祕校依韻和淮南憲張司封、重陽前一日作、重九日登石閣三首、依韻答友人、偶見吟、無題吟、無酒吟、讀陶淵明歸去來（以上卷七）。訪南園張氏昆仲因而留宿、和王安之少卿同遊龍門、歸城中再用前韻、和人留題張相公庵、代書寄程正叔、歲暮自貽、(以上卷八)、首尾吟之一至十一（以上卷二十）。〔註18〕

【備考】

司馬光與王安石議新法不合，後乞判西京留司御史臺，遂居洛，買園於尊賢坊，以獨樂名之。始與雍游。(《聞見前錄》卷十八，頁12)

宋神宗熙寧四年辛亥（公元1071年）六十一歲

【時事】

王安石更定科舉法。立太學生三舍法。

西夏惠宗改元天賜禮盛國慶。

四月，司馬光權判西京留司御史臺。五月，詔許富弼養疾西京。六

〔註18〕〈首尾吟〉共一三五首，今本一首有目無辭，只存一三四首。觀其編排之例，均按年歲彙編，凡一年之作從新春至歲末大抵依序順時，所以容易辨明年代的歸屬，惟獨起首二十九首較不易得知作品寫作年代，但以詩中六十一年字句爲分隔，則六十一年以前作品姑且以六十歲爲寫〈首尾吟〉之最早紀年。

月，歐陽脩以太子少師致仕。富弼坐格青苗法，徙判汝州。七月，
振恤兩浙水災。

【生活】

三月初三在家中南園與親舊共賞花，飲酒而醉。邵雍控酒甚佳，平
日鮮醉，今日則醉矣。

冬日，洛陽大風雪盈尺。城南張氏四兄弟冒雪送來餉酒。

熙寧四年十一月初八日，以河南府處士邵雍爲試，將作監主簿。（《宋
會要輯稿》一二〇冊，卷一，〇六五三）

熙寧間，康節過士友家，晝臥，見其枕屏小兒迷藏。以詩題其上云；
「遂令高臥人，欹枕看兒戲。」（這條《擊壤集》中不載，見《詩
話總龜》卷七，頁 1084，台北廣文書局本，亦見《南軒集》。定國
案：作品內有〈小車行〉，故暫置此處。）

邵雍在今年〈書皇極經世後〉和後年〈安樂窩中一部書〉詩裡，都
正式標明有皇極經世的著作。（《擊壤集》卷八、卷九；〈安樂窩中
吟〉卷十）。

【作品】

歡喜吟、寄李景眞太博、感事吟、寄亳州秦伯鎭兵部、別寄一首、
思故人、和王平甫教授賞花處惠茶韻、南園賞花、獨賞牡丹、問春、
安樂窩中自貽、花前勸酒、書皇極經世後、履道會飲、思鄭州陳知
默因感其化去不得一識面、謝城南張氏四弟兄冒雪載餉酒見過、大
寒吟吐、和李審言龍圖大雪、小車行、依韻和浙憲任度支。（以上
卷八）首尾吟之十二至三十（以上卷二十）

【備考】

呂誨以提舉嵩山崇福宮而居洛。其後買宅白師子張文節相宅，時
雍、司馬光、呂誨三人時相往來。

五月，呂誨卒。

宋神宗熙寧五年壬子（公元 1072 年）六十二歲

【時事】

王安石行市易法，保馬法，及方田均稅法。

少山忽崩，七社民俱死。

【生活】

富弼、司馬光、呂公著諸賢退居洛中，雅敬邵雍，恆相從游，爲市園宅。（《宋史》四二七卷）

南園花竹相挨，邵雍每日繞行四、五回（〈南園花竹〉卷八）

東軒種有黃色紅色兩株梅樹，年年開花（〈東軒黃紅二梅……呈友人〉卷八）

邵雍宅門前有垂柳。自云居林下也有四項官守，其一承曉露看花，其二迎晚風觀柳，其三對皓月吟詩，其四留佳賓飲酒。（〈林下局事吟〉卷九）

富鄭公留守西京，值園中牡丹盛開，召文潞公、司馬端明、楚建中、劉几、康節先生同會，是時牡丹凡數百本，坐客曰：「此花有數乎？請先生筮之。」既畢曰，凡若干朵使人數 1。如先生言。又問曰：「此花幾時盡，請再筮之。」先生撲蓍沉吟良久曰：「此花數盡來日午時。」鄭公因曰：「來日食後可會于此，以驗。」坐客曰：「諾。」次日食罷，花尚無恙，頃之，群馬自廄中逸出，與坐客馬相蹄囓，奔出花叢中，既定，花盡毀折矣。（《洛陽縣志》台北成文出版社）此可見邵雍心靈虛明，善於預測未來的一斑。

【作品】

和宋都官乞梅、東軒黃紅二梅正開坐上書呈友人、和任比部億梅、初春吟、垂柳、至靈吟、人鬼吟、生平與人交、知識吟、偶書吟、思患吟、寄三城王宣徽二首、一室吟、仁聖吟、和邢和叔學士見別、擊壤吟、春去吟、南園花竹、再答王宣徽、蒼蒼吟寄答曹州李審言

龍圖、林下五吟、安樂窩中自訟吟、和君實瑞明花庵二首（以上卷
八）六十二吟、林下局事吟、依韻和吳傳正寺丞見寄、延福坊李太
博乞園池詩、金玉吟、夏日南園、謝寧寺丞惠希夷樽、和君實端明
花庵獨坐、依韻和宋都官惠傻拂子、同王勝之學士轉運賞西園芍
藥、戲謝富相公惠班筍三首、答李希淳屯田、苔錢、種穀吟、和君
實端明見贈、和秋夜、和貂褥筇杖二物皆范景仁所惠、和雲、和閑
來、和花庵上牽牛花、寄三城舊友衛比部二絕、秋霽登石閣、和李
審言龍圖行次龍門見寄、風月吟、贈富公、弄筆吟、招司馬君實遊
夏圖、秋日雨霽閑望、四小吟簡陳季常、樂樂吟、誡子吟、聞少華
崩、自古吟、代書寄祖龍圖、寒夜吟、知幸吟、趨嚮、不可知吟、
事急吟、知人吟、言語吟、思患吟、人生一生吟、謝人惠石筍、奉
和十月二十四日初見雪呈相國元老、和相國元老、天津看雪代簡謝
蔣秀才還詩卷、安樂窩中看雪二首（以上卷九）首尾吟三十一至四
十九（以上卷二十）。

【備考】

三月，富弼致仕。閏七月，歐陽修卒。

宋神宗熙寧六年癸丑（公元 1073 年）六十三歲

【時事】

王安石置律學，置軍器監。

七月，詔京西、淮南、兩浙、江西、荊湖等六路各置鑄錢監。十月，
賑兩浙、江、淮饑。

【生活】

邵雍居洛二十五，齒益老，心境愈寂。對於缺乏知音的寂寞，隨年
齡之長而愈增。雍詩云：「齒髮雖衰志未衰」（〈六十三吟〉卷十）
又云：「蛙蠅泥中走，鳳凰雲中飛。雲泥相去遠，自是難相知。」
（〈偶得吟〉卷十）足見未伸志的無奈和寂寞。

邵雍好書法，今見陳希夷的寫眞和書法，尤慕希夷的行跡，二人慕道之心尤相似。（〈觀希夷先生眞及墨跡〉卷十二）

洛社常相往來之七老爲王尙恭、韓琦、王安國、富弼、司馬光、王拱辰和雍。

春日，司馬光登崇德閣，約康節，久而不至，乃作崇德久待不至詩（又名候康節，見《詩林廣記後集》卷十，台北廣文書局本頁 774）。邵雍和以三首七絕一首五絕。（見《擊壤集》卷十）

春，魏公韓琦的幕客王荀龍，入洛見邵雍。雍喜其人議論勁正，曾和其詩。王氏因出魏公詩，顏體大書極奇偉，雍喜之。（《聞見前錄》卷十八，頁 15）

邵雍在天津的房子，有林泉水竹之盛。喜祐七年遷入，原只暫居，所以宅契司馬光名，園契富弼名，莊契王拱辰名，初不改。今年司馬光等二十餘家爲他買券。所以雍對其子伯溫說：「未嘗求於人，人饋之雖少必受。」又說：「名利不可兼也。吾本求名，既爲世所知矣，何用利哉？故甘貧樂道，平生無不足意。……」（《聞見前錄》卷十八，頁 6）

陳希夷、范仲淹、邵雍三人而相似，而邵對陳、范二人的人品、風格、行事皆十分仰慕。（卷十三，〈題范忠獻公眞〉）

一日，程顥、程頤侍太中公（程珦）訪康節於天津之廬。邵雍攜酒飲月陂上，歡甚，語其平生學術出處之大。明日顥恨然謂門生周純明曰：「昨從夫先生遊聽其議論，舉古之豪傑也，惜無所用於世。」純明曰：「所言何如？」顥曰：「內聖外王之道也。」是日，雍有詩云：「草軟波平風細溜，雲輕日淡柳抵摧。狂言不記道何事，劇令未嘗如此盃。……」顥和曰：「……行處每容參劇論，坐隅還許侍餘盃。……時泰心閒兩難得，直須乘興數追陪。」顥禮敬雍誠懇如此。（《聞見前錄》卷十五頁 3）

【作品】

答富韓公見示正旦四絕、和君實端明、安樂窩中四長吟、安樂窩中詩一編、安樂窩中一部書、安樂窩中一炷香、安樂窩中酒一樽、謝富相公見示新詩一軸二首、安樂窩中好打乖吟、和君實端明登石閣、和君實端明副酒之什、對花吟、依韻寄成都李希淳屯田、代書寄廣信李遵度承制、自和打乖吟（以上卷九）。年老逢春十三首、和司馬君實崇德久待不至二首、別兩絕、春日登石閣、六十三吟、感事吟、偶書、偶得吟、太和湯吟、洗竹、天意吟、代書祖龍圖、把酒（以上卷十）。老去吟、依韻和王安之判監少卿、曉事吟、鮮歡吟、病起吟、金醉吟、覽照吟、人壽吟、年平吟、古琴今、求信吟、蠍蛇吟、自在吟、心安吟、論詩吟、爲喜吟、即事吟、偶得吟、靜坐吟、靜樂吟、男子吟、望雨、思義吟、金帛吟、盜伯吟、待物吟、唐虞吟、曝書吟、兩犯吟、憫旱、無事吟、閣上招友人、憶夢吟、大筆吟、仁聖吟、自慶吟（以上卷十一）。心耳吟，人鬼吟、夢中吟、日中吟、月至梧桐上吟、步月吟、偶得吟、答人吟、寄曹州李審言龍圖、清夜吟、思聖吟、君子吟、安分吟、感事吟、登石閣吟、憶昔吟、可必吟、恍惚吟、謝君實端明詩、好勇吟、莫如吟、里閈吟、思友吟、忠信吟、代簡答張淳秘校、代簡謝尹處初先生、代簡謝王茂直專酒及川賤、寄壽安令簿尉諸君、知識吟、人情吟、因何吟、天聽吟、白頭吟、天意吟、謝安壽安縣惠林山牒、依韻和王安之少卿見戲安之非是棄堯夫吟、小車吟、晚步吟、按花吟、答任開郎中昆仲相訪吟、小春天、深秋吟、中秋吟、同程郎中父子月陂上閑步吟、秋望吟、閑適吟、觀陳希夷先生眞及墨跡、答群實端明遊壽安神林、杏香花、天津晚步、歡喜吟、自作眞贊、奢侈吟、多多吟、畏愛吟、秋閣吟、浮生吟、力吟、謝傅欽之學士見訪、賞雪吟、答傅欽之、月皮閑步、仲尼吟、謝圓益上人專詩一卷、自述二首、答會計杜孝錫寺丞贈（以上卷十二）。天津敝居蒙諸公共爲成買作詩以謝、同諸友城南張園賞梅十首、答人吟、依韻和君實端明專酒、謝壽安

簿寄錦岍山下所失剪目、謝君實端明惠山蔬八品、謝君實端明惠牡丹、謝判府王宣徽惠酒、和君實端明洛陽看花、和君實端明送酒、暮春吟、依韻和鎮戎倅龔章屯田、安樂窩銘、愁恨吟、悲喜吟、善惡吟、所學吟、君子行思省吟、梁燕吟、鄒田二忌、孫龐二將、一言感人、四公子吟、淳于髠酒諫、東海有大魚、土木偶人、辨謗吟、三皇吟、五帝、三王、五伯、七國、掃地吟、天人吟、利害吟、時吟、二說吟、言行吟、治亂吟、太平吟、商君吟、能懷天下心、始皇吟、有妄吟、乾坤吟、皇極經世一元吟、應龍吟、何處是仙鄉、謝宋推官惠白牛、依韻和王安之少卿六老詩仍見率成七、依韻和張靜之少卿惠文房三物、依韻和王安之少卿謝富相公詩、安樂窩蒲前柳吟、瓷瓶吟、人生長有兩般愁、自詠、中秋月、小車吟、晝夢、晚步洛河灘、和李文思早秋五首、堯夫何所有、長憶乍能言、答友人、獨坐吟、意未萌于心、自適吟、老翁吟、鐵如意吟、道裝吟、四者吟、偶得吟、四事吟（以上卷十三）。偶書五首、王勝之諫議見惠文房四寶內有巨硯佳因以謝之、再用晴窗氣暖墨花春謝王勝之諫議惠金雀硯、題范忠獻公眞、觀物吟、對花吟、義利吟、代簡謝朱殿直贈長韻詩、試筆、試硯、問調鼎、讀古詩、蠹書魚、歲儉吟、極論、求鑑吟、學佛吟、霜露吟、天命吟、性情吟、心跡吟、觀物吟、思慮吟、代書答朝中舊友、多不出吟十一首、觀物吟、家國吟、邪正吟、義利吟、恩義吟、閑步吟、坐右吟、感雪吟（以上卷十四）。首尾吟之五十至七十（以上卷二十）。

【備考】

周敦頤卒，五十七歲。

富弼今年七十歲。（〈歲在癸丑，年始七十，正旦日書事〉卷九，富弼）（〈答李希淳屯田〉卷十、十一）

傅欽之學士來訪。（〈謝傅欽之學見訪〉卷十二）

宋神宗熙寧七年甲寅（公元 1074 年）六十四歲

【時事】

王安石免相。罷知江寧府。以韓絳同中書門下平章事，監修國史。翰林學士呂惠卿參知政事。

塞爾柱突厥人征服小亞細亞及敘利亞。

三月，遼主以河東路沿邊增修戍壘，起鋪舍，侵入蔚、應、朔三州界內，使人來言，迄行毀撤，別立界至。

四月，以旱罷方田。五月大雨水，壞陝、平陸二縣。

七月，詔河北兩路捕蝗。又詔開封、淮南提點、提舉司檢覆蝗旱。以米十五萬石振河北西路災傷。

十月，詔韓琦、富弼、文彥博、曾公亮條代北事宜以聞。

【生活】

正月二十六日司馬光著深衣，自崇德寺散步洛水堤上，因過邵雍天津之居，謁曰：「程秀才」。既見，乃溫公也。問其故，公笑曰：「司馬出程伯休父，故曰程，因留二絕，雍亦和之二絕。」（《邵氏聞見前錄》卷十八頁 12，及《古今詩話續篇・詩林廣記》後集卷十，頁 3 至 5）

邵雍與弟子張峋分手八年，今又相逢。峋為弟子真能語道者，師徒之情甚深重。雍喜遊山，常登壽安縣錦屏山，今年不見舊友，思念之並以詩寄之。（〈兩歲錦屏之遊不克見鄭今因以寄之〉卷十）

邵雍宅東軒有株牡丹花名添色紅，今年早開二十四枝艷色深淺駭人，故招司馬光等賞牡丹。（〈酬堯車招看牡丹〉卷十，司馬光）

邵雍將安樂窩中生活以十三首「安樂窩吟」系列長詩表達，不但表達雍之人生觀，也說明雍生活的哲學。（卷十）

成都老友李希淳遠寄詩來，表達倦動欲歸之意，惜未能如願。（卷十）

【作品】

對花、四道吟、林下吟、春陰、囑花吟、懶起吟、感事吟、三惑、四喜、何如吟、問春吟、樓上寄友人、所失吟、插花吟、閑居吟、依韻和張子堅太博、還鞠十二著作見示共城詩卷、樂物吟、喜春吟、暮春吟、和王中美大卿致政二首、和北京王郎中見訪留詩、喜樂吟、歡喜吟、天道吟、一室吟、依韻和君實端明洛濱獨步、雨後天津獨步、春色、太平吟、禁煙留題錦屛山下四首、兩歲錦屛之遊不克見鄭令因以寄之、東軒前添色牡丹一株開二十四枝成兩絕呈諸公、花時阻雨不出、安樂窩中吟十三首、食梨吟、依韻答安之少卿（以上卷十）。上已觀花思友人、戲呈王郎中、流鶯吟、善賞花吟、善飲酒吟、省事吟、一春吟、舉世吟、春水吟、春雨吟、可惜吟、簪花吟、春去吟、和大尹李君錫龍圖留別詩、答李希淳屯田二首、箋年老逢春八首、謝彥國相公和詩用醉和風雨夜深歸、謝君實端明用只將花卉記多春、謝君貺宣徽用少微今已應星文、謝安之少卿用始知安是道梯階、謝開叔司封用無事無求得最多、謝伯淳察院用先生不是打乖人、自謝用此樂直從天外來、別謝彥國相公三首、別謝君實端明、大字吟、教子吟、臂痛吟、世上吟、逸書吟、旋風吟二首、旋風吟又二首、頭風吟、答客吟（以上卷十一）。首尾吟之七十一至九十（以上卷二十）。

【備考】

定國案：邵雍自編詩集，於六十三歲，六十四歲之間之作品，頗有錯亂情形，不知有意抑無意？但見史詩之作多半類從在一處，當係有心的編輯。此一部份卻自少作至晚年作品都臚列一處。

宋神宗熙寧八年乙卯（公元 1075 年）六十五歲

【時事】

遼道宗改元太康。

交趾入寇。

二月，王安石復相。六月，頒王安石詩、書、周禮義于學官。

三月，遼人復來議疆事。割河東地與遼。四月，湖南江水溢。七月虔州江水溢。八月，募民捕蝗。易西米，苗損者償之，仍復其賦。上詔：「發運司體實淮南、江東、兩浙米價，州縣所存上供米毋過百萬石，減直予民，斗錢勿過八十。」

【生活】

邵雍參與洛社的活動十分頻繁。（司馬光〈走筆和君錫堯夫〉卷十一）

今年邵雍與富弼、司馬光、王拱辰、王尙恭仍以詩酬答唱賀不停。（卷十一）

近日邵雍頭風臂痛諸病嚴重且感衰軀有病侵，然而未訪談笑、高歌和寫書法，心情開懷如故。（〈族風吟〉、〈頭風吟〉、〈答客吟〉卷十一）

邵雍長子伯溫今年失解，雍作詩云「用會何常定、枯榮未易量」勉慰之。（〈長子伯溫失解以詩示之〉卷十六）

【作品】

六十五歲新正自貽、小車六言吟、安樂吟、甕牖吟、盆池吟、小車吟、大筆吟（以上卷十四）。觀易吟、觀書吟、觀詩吟、觀春秋吟、觀三皇吟、觀五帝吟、觀三王吟、觀五伯吟、觀七國吟、觀嬴秦吟、觀兩漢吟、觀三國吟、觀西晉吟、觀十六國吟、觀南北朝吟、觀隋朝吟、觀有唐吟、觀五代吟、觀盛化吟、喜老吟、瞻禮孔子吟、還圓益上人詩卷、天人吟、錦帡春吟、樂春吟、觀物吟四首、人貴有精神吟、義利吟、小車初出吟、府尹王宣徽席上作、春暮答人吟、天津聞樂吟、春暮吟、自問二首、和成都俞公達運使見寄、吳越吟二首、屬事吟、興亡吟、文武吟、善惡吟、責己吟、無疾吟、四者吟、恩怨吟、秦川吟二首、和絳守土仲賢郎中、日月吟、水旱吟、老去吟、人事吟、不同吟、貪義吟、月新吟、和內鄉李師甫長官見

寄、內鄉天春亭、內鄉兼隱亭、李少卿見招代往吟、病酒吟、爭讓吟、謝王諫議見思吟、依韻和任司封見寄吟（以上卷十五）、答人吟、歲寒吟、依韻謝任司封宅逍遙枕吟、齊鄭吟、代書寄呂庫部、和王安之少卿雨後、和和丞制見贈、清和吟、異同吟、即事吟、觀物吟、對酒吟、秋懷吟、和王安之少卿秋遊、和王安之同赴府尹王宣徽洛社秋會、負河陽河清濟源三處之約以詩愧謝之、依韻和王安之少卿秋約吟、長子伯溫失解以詩示之、歲暮自貽吟、君子飲酒吟、讀張子房傳吟（以上卷十六）首尾吟之九十一至一一九（以上卷二十）〔註19〕

【備考】

六月，魏國公韓琦薨。

宋神宗熙寧九年丙辰（公元 1076 年）六十六歲

【時事】

西夏惠宗改元大安。

十月，王安石免相。罷判江寧府。

春正月，交趾圍邕州，知州蘇緘死守，交人盡屠全城五萬八千餘口。二月，以郭逵為安南招討使。冬十月郭逵敗交趾兵於富良江，殺太子洪真，交趾王李乾德懼降。而宋官兵冒暑涉瘴地，死者過半。

【生活】

吟詩、飲酒和圍棋為邵雍生活中的一環。興來過從舊友，平日糟糠老妻為伴，如此忽忽六十六年。（〈首尾吟〉一一九首，卷二十）

【作品】

觀物吟二首、治亂吟五首、二十年吟、思患吟、有病吟、對花吟、自述、去事吟、策杖吟、不願吟、量力吟、戲答友人吟、偶得吟、

〔註19〕〈老去吟〉（卷十五）一首，記載是年雍六十六歲，定國案：疑係六十五歲之筆誤，因為前後數首詩皆作於六十五歲。

觀事吟、知音吟、觀物吟、金玉吟、風霜吟、上下吟、吾廬吟、瀍河上觀杏花迴、娶妻吟、好事吟、不再吟、毛頭吟、六得吟、盛衰吟、富貴吟、無妄吟、善惡吟、春日園中吟、解字吟、感事吟、窮達吟、宇宙吟、久旱吟、成性吟、路徑吟、大人吟、感事吟、浩歌吟、利名吟、憑高吟、意盡吟、浩歌吟、溫良吟、君子吟、先天吟、爽口吟、至誠吟、書事吟、答寧秀才求詩吟、詩酒吟、白頭吟（卷十六）。人物吟、偶得吟、觀物吟、戰國吟、感事吟、感事吟五首、履道留題吟、見義吟、觀物吟、王公吟、自詠吟、觀物吟、能寐吟、鶗鴂吟二首、先天吟、自樂吟、民情吟、牡丹吟、代書吟、病淺吟、借出詩、無苦吟、萬物吟、月窟吟、人象吟、百病吟、小車吟、擊壤吟、留題水北楊郎中園亭二首、秋盡吟、不肖吟、君子吟、小人吟、把手吟、大易吟、罷吟吟、黃金吟、鶗鴂吟、閑中吟、蒼蒼吟、團圓吟、代書吟、失詩吟、不去吟、經世吟、知人吟、言行吟、光陰吟、舉酒吟、酒少吟、觀棋絕句、老去吟、亂石吟、未有吟、誡子吟、乾坤吟、胡越吟、善處吟、百年吟、歲杪吟、觀棋小吟、又借出詩、和王規甫司勳見贈、答友人勸酒吟（以上卷十七）。冬至吟、盃盤吟、歡喜吟、善人吟、議論吟、推誠吟、堯夫吟、意外吟、當斷吟、憂夢吟、人情吟、人事吟、師資吟、天人吟、樂毅吟、十分吟、誡子吟、有常吟、歲暮吟、春天吟、庶幾吟、人物吟、詫嗟吟、左衽吟、教勸吟、不善吟、多事吟、處身吟、觀性吟、觀物吟、答和吳傳正贊善二首、是非吟、洗心吟、見物吟、力穡吟、六十六歲吟、寬猛吟、小道吟、得失吟、薰蕕吟、好惡吟、歲暮吟、安分吟、由聽吟、詩畫吟、詩史吟、演繹吟、史畫吟、好勝吟、治心吟、吾廬吟、人靈吟、過眼吟、災來吟、內外吟、名利吟、名實吟、性情吟、丁寧吟、疑信吟、治亂吟、有時吟、忠厚吟、窮冬吟、知非吟、冬至吟、頭白吟、談詩吟、繩水吟、刑名吟、陰陽吟、人事吟、內外吟、盛衰吟、死生吟、生日吟、時事吟、不知吟、水火吟、中原吟、喜歡吟、所感吟、行止吟、太平吟、探春吟、不出吟（以上

卷十八）。不善吟、不同吟、得失吟、痛矣吟、歲除吟、（以上卷十
九）。首尾吟之一一九至一二八（以上卷二十）。

宋神宗熙寧十年丁巳（公元 1077 年）六十七歲

【時事】

二月，以崇信軍節度使宗旦同中書門下平章事。六月，王安石以使
相爲集禧觀使。

九月，詔「河決害民田，所屬州縣疏瀹，仍蠲其稅，老幼疾病者振
之。」

【生活】

夏六月屬，微疾。一日，晝睡覺，且言曰：「吾夢旌旗鶴雁自空而
下，導吾行亂山，與司馬君實、呂晦叔諸公相分別於一驛亭。回視
其壁間，有大書四字曰：千秋萬歲。吾神往矣，無以醫藥相逼也。」
（《邵康節先生外紀》卷一）（定國案：外紀云熙寧十六年，係熙寧
十年之誤，六爲衍字）

邵雍疾病，司馬光、張載、程顥、程頤晨夕候之。將終，共議喪葬
事外庭，雍皆能聞眾人所言，召子伯溫謂曰：「諸君欲葬我近城地，
當從先塋爾。」（《宋史》四二七卷）（定國案先塋指伊川先塋，參
見《聞見前錄》卷二十）

七月四日邵雍大書詩一章曰：「生於太平世，長於太平世，老於太
短世，死於太平世。客問年幾何？六十有七歲。俯仰天地間，浩然
獨無愧。」以是夜五更捐館。（《聞見前錄》卷二十）

熙寧十年七月五日，邵雍卒，年六十七；贈秘書省著作郎。元祐中
歐陽棐作諡議，御賜諡康節。（《宋史》四二七卷，《宋元學案》卷
九，208 頁）

邵雍卒，贈加賜粟帛。（《宋會要輯稿》一二○冊卷一○，653 頁）

邵雍去逝時，伯溫已及冠。雍雖晚婚，猶見子孫力學孝謹，堪稱有

福報。

邵雍死後葬於河南嵩縣新店鎮紫荊山。(《文物》西元 1976 年第 5 期,〈邵雍及其安樂窩批判〉) 又云:丁巳年十月丁酉,(雍) 葬於伊闕之南。〔註 20〕

潁州團練使推官邵雍熙寧十年九月贈著作郎。(《宋會要輯稿》第五一冊卷一九,128 頁)

元祐二年賜諡節康……,示朝廷尊賢尚德之意。(《宋會要輯稿》四十冊卷一三,360 頁)

先前韓絳守洛,言雍隱德丘園,聲聞顯著賜諡康節。(《范太史集》卷三十六,〈康節先生傳〉)

【作品】

筆興吟、影論吟、憂喜吟、窺開吟、喜歡吟、貴賤吟、措處吟、費力吟、不老吟、代書寄陳章屯田、長短吟、迷悟吟、正性吟、幽明吟、無覷吟、事體吟、自餘吟、四可吟、四不可吟、賃屋吟、小人吟、覽照吟、有病吟、二月吟、三月吟、一等吟、萬物吟、洛陽春吟、白貽吟、落花吟、春暮吟、泉布吟、牡丹吟、和鳳翔橫渠張子厚學士亡後篇 (疑伯溫作)、自處吟、為人吟、先天吟、中和吟、四賢吟、年老吟、天地吟、至論吟、人玉吟、詐者吟、飲酒吟、樂物吟、和王安之小園五題、野軒、污亭、藥軒、晚暉亭、觀物吟、晝睡、進退吟、為客吟、攝生吟、病中吟、重病吟、天人吟、病革吟、聽天吟、得天吟、答客問病、病亟吟 (以上卷十九)。首尾吟之一二九至一三四 (以上卷二十)

【備考】

十一月,張載卒。(定國案:《聞見後錄》卷十五頁 2 寫張子厚後雍數月而卒,然《擊壤集卷十九》有〈和鳳翔橫渠張子厚學士亡後篇〉

〔註 20〕范祖禹《范太史集》,卷三十七,康節先生誄文。

二者矛盾，二者又皆伯溫參與編輯，不應錯謬，故疑〈亡後篇〉一詩乃伯溫所作，非雍之作也。）定國又案：呂大臨撰寫〈橫渠先生行狀〉，記錄張載卒於熙寧十年十二月乙亥，年五十八。（參見朱熹《伊洛淵源錄》卷六）

後四年（公元 1081 年）李清照生。後六年（公元 1083 年）四月曾鞏卒。六月富弼卒於洛陽。

後七年（公元 1084 年）司馬光上《資治通鑑》。

後八年（公元 1085 年）帝崩，太子煦立，高太后聽政。程顥卒。朝廷罷保甲、方田、市易、保馬等新法。

後九年（公元 1086 年）元祐元年，四月王安石卒，六十六歲。同年司馬光相，罷青苗及免役法。九月，司馬光卒，六十六歲。

後十二年，程顥卒，八十五歲。

後十二年，元祐六年（公元 1091 年）雍之弟子邢恕作〈擊壤集後序〉。

後十六年，紹聖元年，公元 1094 年，章惇爲相，復行新法。

第四章　邵雍詩的語言特徵

　　歷代詩歌的評論家罕有把觸角伸向邵雍詩，是故邵雍詩誨而不明，其來有自。前文第二章我們討論邵雍詩的背景資料，已深度了解其詩的形成原因。對於詩人的時代背景、文學背景、家世狀況、年譜細節、應酬交游等等都已掌握清楚。至於內容研究的分，詩人要靠平日種種的訓練、才情和思想、風格來發揮。詩歌創作雷同其他創作藝術，因此我們要倒帶逆思邵雍詩歌整個創作過程，分析其詩歌的內容，這是詩歌評論家確有必要的研究態度。結合外緣背景和內容研究，才能圓滿、而全面的善盡評論家的工作。

　　「詩」具備書面形式的語言與繪畫性的形象，兩者之間未曾徹底地分離過，但時有偏重的不同，因而造成不同的風姿韻味。我們相信邵雍詩的語言特色，已提供道學家特別的主題，吸引我們在視覺上聽覺上的觀察，僅管這種觀察，有人覺得是理趣，有人覺得是理障，事實上其內涵遠超過這兩種單純的批評概念。

　　語言最忌諱的是熟濫，古人說陳言務去，正說此理。宋詩不願追隨唐詩的熟濫，所以宋詩有自己的天地。邵雍詩能堅持自己的作詩語言，有所謂的「康節體」，所以獨自擁有一片天空。詩的語言要從生活中去挖掘錘鍊，要新鮮、簡鍊、生動、優美，而有雋永價值。

第一節　邵雍詩的語法

　　近人許世瑛《中國文法講話》說：「語法則包括口語和文語。」
〔註1〕口語指平常講話的結構方式，文語是文章句子的結構方式。其
實廣義的語法，可以遍指一切文字的結構實在不必細分的。詩的語法
固然是精緻的文語，但宋詩援引口語入詩的情況很普遍，邵雍詩尤其
如此。現在來分析邵詩的語法，對於邵詩所以形成康節體的原因和了
解邵雍詩建構意象的方法極有助益。

一、起結虛字

　　起句和結句好用虛字湊成句，是邵雍詩在語法上的特色之一。所
以錢鍾書說：「理學家如邵康節、陳白沙、莊定山，亦好於近體起結
處，以語助足湊成句。」〔註2〕語助詞，又稱助詞。是用以結尾或語
氣停頓的虛字，用來幫助詞、語、句的氣勢，以完成表情達意的功能。
所以一般稱語助詞為虛字。邵雍詩是生活化的詩，是口語化的詩，因
而自然大方地援用虛字進入近體詩的最重要的起句、結句。其實這種
用法，並非邵雍首創，唐人李商隱〈昨日〉詩首句云：「昨日紫姑神
去也。」（《玉谿生詩集箋注》，卷二），筆調搖曳生姿，眞爲絕唱。邵
雍詩不但用於起句、結句，更於起聯、結聯也常用，甚而每句或每聯
出現虛字的位置經常變化，並且時而塑造虛字爲關鍵詩眼的情況。再
者此類虛字也不限於「之」、「乎」、「者」、「也」，尚有「焉」、「乎」、
「無」、「然」、「奈何」、「則」、「其奈」、「否」、「哉」等疑問助詞、語
尾助詞、語中助詞，或狀助詞。甚至援引助詞俚語，如「飲些些」、「苦
云云」等。詩的起結處爲詩人最需著力處，竟大量使用虛字，可見把
詩當成極圓熟的表達方法，毫不費力的示現內心的看法。這的確是古
今詩人中鮮見的語言技巧。以下摘舉《擊壤集》詩例以說明之。

〔註1〕許世瑛，《中國文法講話》，1974年，修訂十一版，第四節第4頁，
　　　　台灣開明書店，台北。
〔註2〕錢鍾書，《新編談藝錄》，1983年，初版，第181頁，第八、九行，
　　　　出版局不詳，香港。

（一）虛字出現在起句

樂則行「之」憂則違，大都知命是男兒。

起句〈遊山三首之三〉卷二

欲遂終「焉」老閒計，未知天意果如何？

起句〈謝富丞相招出仕二首之二〉卷二

予看山多「矣」，未嘗逢此奇。　　　起句〈登女几〉卷三

草有可嘉「者」，莫將蕭艾儔。　　　起句〈答人乞碧蘆〉卷七

盡道「之」謂聖，如天之謂仁。　　　起句〈仁聖吟〉卷八

遷喬固有「之」，出谷未多時。　　　起句〈流鶯吟〉卷十一

此物鐵爲「之」，何嘗肯妄持。　　　起句〈鐵如意吟〉卷十三

身「之」有病當求藥醫，藥之非良其身必虧。

起句〈有病吟〉卷十六

見風而靡者草「也」，見霜而隕者亦草也。

起句〈風霜吟〉卷十六

人「之」娶妻，容德威儀。　　　　　起句〈娶妻吟〉卷十六

時之來「分」，其勢可乘。　　　　　起句〈時事吟〉卷十八

痛「矣」時難得，悲哉道未傳。　　　起句〈痛矣吟〉卷十九

時時醇酒飲「些些」，頤養天和以代茶。

起句〈飲酒吟〉卷十九

（二）虛字出現在起聯（即第二句）

安樂窩中詩一編，自歌自詠自怡「然」。

起聯〈安樂窩中詩一編〉卷九

天意無他只自然，自然「之」外便無天。起聯〈天意吟〉卷十

人不善賞花，只愛花「之」貌。　　　起聯〈善賞花吟〉卷十一

天地有潤澤，其降「也」瀼瀼。　　　起聯〈霜露吟〉卷十四

許大乾坤自我宣，乾坤「之」外復何言？

起聯〈觀三皇吟〉卷十五

人人共戴天，我戴豈徒「然」？　　　　起聯〈蒼蒼吟〉卷十七

（三）虛字出現在結句

書傳稱上洛，斯言得之「矣」。　　　　　結句〈辨熊耳〉卷三

食此無珍言，哀「哉」口與舌。

　　　　　　　　　　　　結句〈秋懷三十六首之七〉卷三

旨甘取足隨豐儉，此樂人間更有「無」？

　　　　　　　　　　　　結句〈閒居述事五首之三〉卷四

觀古事多今可見，不知何「者」謂經綸？　結句〈偶書〉卷五

欲求爲此者，到了是誰「何」？　結句〈逍遙吟四首之三〉卷七

他年雲水疏，「亦」恐難尋覓。　　　結句〈君子與人交〉卷七

料得預憂天下計，不忘君「者」更爲誰？

　　　　　　　　　　　　結句〈代書寄程正叔〉卷八

長恨愁多酒力微，爲春成病花知「否」？

　　　　　　　　　　　　結句〈問春三首之三〉卷八

安得九皋禽，清唳一灑「然」。　　　結句〈和秋夜〉卷九

去年波水東流去，舊渌「奈何」新又來。

　　　　　　　　　　　　結句〈年老逢春十三首之一〉卷十

千紅萬翠中間裏，似我閒人更有「麼」。

　　　　　　　　　　　　結句〈年老逢春十三首之六〉卷十

大凡物老須生病，人老何由不病「乎」。

　　　　　　　　　　　　結句〈臂痛吟〉卷十一

始知心者氣之帥，心快沉痾自釋「然」。

　　　　　　　　　　　　結句〈病起吟〉卷十一

不欲久獨擅，能來同享「無」？　結句〈閣上招友人〉卷十一

寰宇雖然廣，「其」誰曰不然？　　　結句〈浮生吟〉卷十二

極則有禍，窮「則」有凶？　　　　結句〈奢侈吟〉卷十二

咫尺洛陽春已盡，過從能憶舊時「無」？

　　　　　　　　　　　　結句〈春暮答人吟〉卷十五

時和歲豐後,「亦」自有餘歡。

結句〈和內鄉李師甫長官見寄〉卷十五

鄭洛風煙雖咫尺,恨無由往一觀「之」。

結句〈代書寄呂庫部〉卷十六

拔山蓋世稱才力,到此分毫強得「乎」?

結句〈先天吟〉卷十七

惟學之所能,坐而爛觀「爾」。　　結句〈觀性吟〉卷十八

衰軀設使能重往,疇昔情懷奈杳「然」。

結句〈為客吟〉卷十九

(四)虛字出現在結聯(即倒數第二句)

太平自慶何多「也」,唯願君王壽萬春。

結聯〈安樂窩中四長吟〉卷九

欲憑桃李為「之」謝,桃李無言爭奈何。

結聯〈和崇德久待不至別兩絕之一〉卷十

莫問身「之」外,人知與不知。結聯〈為善吟〉卷十一

吾能一貫「之」,皆如身所歷。結聯〈皇極經世一元吟〉卷十三

雖居蠻貊亦行「矣」,無患鄉閭情未親。

結聯〈答友人〉卷十三

惜「哉」情何物,使人能如是。　　結聯〈讀古詩〉卷十四

大「哉」贊易脩經意,料得生民以後無。

結聯〈瞻禮孔子吟〉卷十五

我生其幸何多「也」,安有閒愁到耳邊。

結聯〈春天吟〉卷十八

哀「哉」公與卿,重為人所惑。　　結聯〈死生吟〉卷十八

「有」宋熙寧之間,大為一時之壯。　　結聯〈四賢吟〉卷十九

享「了」許多家樂事,堯夫非是愛吟詩。

結聯〈首尾吟一百三十五之二〉卷二十

二、語助湊句

此項語言技巧與前項不同處,是詩中不擇句,隨處而使用語助詞。邵雍詩以鍊字、鍊句的一般觀點而言,它之所以不夠淬練、華美、工巧,正是隨處可見的語助詞造成妨害。然而從文意思想的角度來看這種修辭,很可能正是邵雍詩他要塑造意象和語言技巧的重要手法。因此,我們不能以單純的鍊字、鍊句來規範邵雍詩。邵雍詩想要做到的是髓而不是皮、肉、骨。

前項已說明虛字在近體詩起結句(即絕句 1、4 句,律詩 1、8 句)或起結聯(即律詩第 2、7 句)出現的情形下,下文就虛字出現在律詩的 3、4、5、6 句,絕句的 2、3 句及古體詩句的情況舉例說明。

(一)虛字出現在律詩第三句、第四句

日月星辰堯則「了」,江河淮濟禹平「之」。

〈首尾吟之十八〉卷二十

固有命「焉」剛不信,是無天「也」果能欺。

〈首尾吟之十八〉卷二十

春初暖「兮」日遲遲,秋初涼「兮」雲微微。

〈首尾吟之二十〉卷二十

以至死生猶處「了」,自餘榮辱可知「之」。

〈首尾吟之廿二〉卷二十

意淺不知多「則」惑,心靈須識動「之」微。

〈首尾吟之七四〉卷二十

義若不爲無勇「也」,幸如有過必知「之」。

〈首尾吟之九五〉卷二十

信道「而」行安有悔,樂天「之」外更何疑。

〈首尾吟之一○二〉卷二十

(二)虛字出現在律詩第五句、第六句

無聲無臭儘休「也」,不忮不求還得「之」。

〈首尾吟之廿四〉卷二十

　　既無一日九遷「則」，安有終朝三褫「之」。

〈首尾吟之卅四〉卷二十

　　老成人爲福「之」基，駿孺子爲禍「之」梯。

〈首尾吟之五一〉卷二十

　　物皆有理我何「者」，天且不言人代「之」。

〈首尾吟之七八〉卷二十

（三）虛字出現在絕句（二、三句）

　　時難得而易失，雖悔「而」何追。不知老「之」已至，不知志與願違。〈得失吟〉卷十九

　　吾廬雖小粗容身，「且免」輕爲儌舍人。「大有」世人無屋住，向人簷下索溫存。〈吾廬吟〉卷十六

　　侈不可極，奢不可窮。極「則」有禍，窮則有凶。

〈奢侈吟〉卷十二

　　可必人間惟善事，不由天地「只」由衷。莫嫌效遠「因而」止，更勉其來更有功。〈可必吟〉卷十二

　　正要雨時須不雨，已成災處「更」成災。如何百穀欲焦爛，遍地止存蒿與萊。〈憫旱〉卷十一

　　俗阜知君德，時和見帝功。「況」吾生長老，俱在太平中。〈自慶吟〉卷十一

　　簪花猶且強年少，訴酒「固非」伴小心。花好酒嘉情更好，奈何明日病還深。〈簪花吟〉卷十一

　　生平有癖好尋幽，一歲龍山四五遊。「或」往「或」還都不計，蓋無榮利可稽留。〈和王安之少卿同遊龍門〉卷八

　　年年此際定煙嵐，人「亦」何嘗謂我貪。歸見交親話清勝，且無防患在三緘。〈二十日到城中見交舊〉卷五

　　漾水悠悠際碧天，平蕪「更與」遠山連。白頭老叟心無事，閒憑欄干看洛川。〈天津感事二十六首之十二〉卷四

（四）虛字出現在古體詩句

　　貧賤人「所」苦，富貴人「所」遷。……

－159－

進行己「之」道，退養己「之」全。

既未「之」易地，胡爲「乎」不堅？

敢謂客「之」說，曾無所取「焉」。

猗嗟「乎」玉「兮」，產「之」於荊山。

和氏雖云知，楚國未爲然。　〈寄謝三城太守韓子華舍人〉卷一

石柱「之」始立，於古無「所」根。

就勒分陝銘，惟唐人「之」言。……

從君陳畢命，宜成周「而」云。

二者兼取「之」，於義似或尊。……

甘棠「之」蔽芾，石柱「之」清新。

當時「之」盛事，予不得「而」親。

二南「之」正化，二公「之」清芬。

千載「之」美談，予可得「而」聞。

「又」恐隨流水，「仍」憂嫁遠風。

水流「猶」委曲，風遠「便」西東。……

〈和陝令張師柔石柱村詩〉卷三

芳草「更」休生，芳樽「更」不傾。

草「如」生不已，樽「豈」便能停。　　〈芳草長吟〉卷六

檻前「縈」泚泚，天外「更」悠悠。……

畫手「方」停筆，騷人「正」倚樓。　　〈春水長吟〉卷六

「或」混同六合，「或」控制一方。

「或」創業先後，「或」垂祚短長。……

情慾「之」一發，利害「之」相戕。

劇力恣和噬，無涯罹禍殃。

山川「縈」表裏，丘隴「又」荒涼。……

〈書皇極經世後〉卷八

春秋禮樂能遺「則」？父子君臣可廢「乎」？

〈安樂窩中一部書〉卷九

禍如許免人須諂，福若待求天可量。

「且」異緇黃儻廟貌，「又」殊兒女褻衣裳。

〈安樂窩中一炷香〉卷九

雖然「似」雪霜，無改「如」松桂。
「方」惜久離闊，「卻」喜由道義。

〈謝傅欽之學士見訪〉卷十二

「既有」前車戒慎，「豈無」覆轍兢莊？……
水際「尤宜」穩審，花間「更要」安詳。……
惡「者」既不見害，善「者」固無相傷。

〈小車六言吟〉卷十四

三、拆字造句

漢字造型方整，最便拆字。作詩、製謎往往也會利用拆字方法，以離合技巧來製聯製謎。《文心雕龍・明詩》所謂：「離合之發，則萌於圖讖。」，如緯書多言卯金刀以射「劉」字，後孔融以離合法作〈郡姓名字詩〉雖有巧思，卻乏詩情，不能廣傳。錢鍾書說：「詞章中游戲狡獪，則似莫早於《玉臺新詠》卷十〈古絕句〉第一首：「稿砧今何在，山上復有山。」詞中如黃山谷〈虞美人〉：「你共人女邊著子，爭知我門裏安心」……吳夢窗〈唐多令〉：「何處合成愁，離人心上秋」……皆《玉臺》一絕之踵事增華也。」〔註3〕邵雍偶用拆字離合的造句技巧造句，時雖晚於《玉臺》，而早於山谷、夢窗。其後明朝孫原湘《天眞閣集詩》頗效之。今舉邵雍詩例加以詮解。

日月作明明主日，人言成信信由人。

〈安樂中吟十三首之九〉卷十

說明：明字拆成日月，信字拆成人言。

言由人而信，月由日而明。　　　　　〈偶得吟〉卷十一

說明：信拆成言人，明拆成月日。

日時然後視，耳時然後聽。　　　　　〈四者吟〉卷十三

〔註3〕錢鍾書，《新編談藝錄》，1983年，初版，第525～526頁，出版局不詳，香港。

說明：視字可拆目，聽字可拆耳。

晉齊命令炎如火，文武資基冷似冰。 〈觀春秋吟〉卷十五

說明：炎字可火，冷字可拆冰（即冰之古字）。

火能烹而不能沃，水能沃而不能烹。

〈治亂吟五首之五〉卷十六

說明：烹字可拆火，沃字可拆水。

口無妄言，心無妄慮。 〈無妄吟〉卷十六

說明：言字可拆口，慮字可拆心。

人言爲信，日月爲明。止戈爲武，羊美爲羹。

〈解字吟〉卷十六

說明：全首皆用拆字法。

凶焰熾時焚更烈，恩波流處浸還深。 〈天地吟〉卷十九

說明：焰、熾、焚、烈四字俱含「火」，波、流、浸、深四字
　　　皆有「水」，亦類似以離合拆字來體貼文意。

已沐仁風深骨髓，更驚詩思切瓊琚。

〈和王不疑郎中見贈〉卷六

說明：骨、髓二字俱含「骨」，瓊、琚二字皆從「玉」，類似以
　　　離合拆字來體貼文意。

醺酣情味難名狀，醞釀功夫莫指陳。〈安樂窩中酒一樽〉卷九

說明：醺酣、醞釀四字俱從「酉」，類似以拆字離合來體會文
　　　意。

山有喬峰水有濤 〈登山臨水吟〉卷二

說明：山、峰同山；濤同水，亦拆字離合來組合文意。

四、參差反復

　　此是邵雍詩最慣見的造句手法，即上下句的句法參差，而且形成
文意正反相左、或大低雷同、或相生變化。這種文字和文意環繞的效
果，或組成文字流暢，或造成思路反復增強，或變化句法增長情味，

但是不可諱言的，有時眞的只是玩弄文字，使得詩味盡失。邵雍詩原爲表達哲理文意之內涵，顧不得詩味之優美與否，其求仁得仁，也許此正爲其「康節體」的特色之一種。

　　前日之所是，今日之或非。今日之所強，明日之或羸。
〈觀棋大吟〉卷一

說明：前日、今日二辭上下句參差，而文意反復對立。

稍鄰美譽無多取，纔近清歡與膳求。美譽既多須有患，清歡雖膳且無憂。　　〈名利吟〉卷三

說明：美譽、清歡上下句參差爲文，而文意反復顯然相反。

爲今日之山，是昔日之原。爲今日之原，是昔日之川。
〈川上懷舊四首之三〉卷三

說明：今日、昔日與川、原既同句參差，而文意反復環生。

照物無遁形，虛鑑自有光。照事無遁情，虛心自有常。
〈秋懷三十六首之一〉卷三

說明：照、虛二字上下句參差，而文意反復相生。

蕩颺飄晴絮，繽紛舞暖絲。絲牽寸腸斷，絮入萬家飛。
〈垂柳長吟〉卷六

說明：絲、絮上下句參差，而文意反復相生。

一山一重煙，山盡煙不盡。　　〈川上懷舊四首之一〉卷三

說明：山、煙同句參差，而文意反復環生。

以酒戰花穠，花穠酒更濃。花能十日盡，酒未百壺空。
〈落花長吟〉卷六

說明：花、酒在同句及上下句均參差出現，而文意反復不同。

芳草更休生，芳樽更不傾。草如生不已，樽豈便能停。
〈芳草長吟〉卷六

說明：草、樽二字上句參差，而文意相反。

春在水自漾，春歸漾遂休。　　〈春水長吟〉卷六

說明：春、漾二字同句參差，而文意反復相生。

洛人好種「花」，唯我好種「竹」。……「花」止十日紅，「竹」
能經歲綠。　　　　　　　　　　　　　　〈乞笛竹〉卷七

說明：花、竹二字上下句參差，而文意反復變化。

富貴多傲人，人情有時移。道德不傲人，人情久益歸。

　　　　　　　　　　　　　　　　　　　〈偶見吟〉卷七

說明：「傲人」、「人情」二辭上下句參差，而文章反復變化。

花開半開承露看，奈何花上露沾衣。　〈答李希淳屯田〉卷九

說明：花、露同句參差，而文意反復變化。

花見白頭人莫笑，白頭人見好花多。　　　〈南園賞花〉卷八

說明：花、白頭人同句參差，而文意反復相生。

因把花行侵竹種，且圖竹逕對花開。花香遠遠隨衣袂，竹
影重重上酒盃。　　　　　　　　　　　〈南園花竹〉卷八

說明：花、竹二字既同句參差，又上下句參差，而文意反復變
　　　化。

奈何禾未榮，而見莠先茂。莠若不誅鋤，禾亦未成功。

　　　　　　　　　　　　　　　　　　　〈種穀吟〉卷九

說明：禾、莠上下句參差，而文意反復相生。

古人不見面，止可觀其心。……今人不見心，正可觀其面。

　　　　　　　　　　　　　　　　　　　〈感事吟〉卷十

說明：面、心二字隔句上下文參差，造成文意反復相生。

……此類之人，鮮有不臧。……此類之人，鮮有不孽。臧
唯思安，孽唯思殘。　　　　　　　　　　〈偶書〉卷十

說明：臧、孽二字隔句上下文參差，造成文意反復變化。

替花言灼灼，代柳說依依。柳外晚猶囀，花前曉又啼。

　　　　　　　　　　　　　　　　　　　〈流鶯吟〉卷十一

說明：花、柳二字上下句參差，而文意反復相生。

蟲蠹書害少，人蠹書害多。蟲蠹曝已去，人蠹當如何？

　　　　　　　　　　　　　　　　　　　〈曝書吟〉卷十一

說明：全詩以蟲蠹、人蠹參差，且文意反復相生。

君臣守以義，父子守以仁。義失爲敵國，仁失爲路人。

〈莫如吟〉卷十二

說明：義、仁二字上下句參差，而文意反復相生。

物爲萬民生，人爲萬物靈。人非物不活，物待人而興。

〈接花吟〉卷十二

說明：物、人二字既上下句參差，又同句參差，而反復爲文，
　　　而文意變化相生。

人無鑑流水，當求鑑止水。流水無定形，止水有定體。

〈求鑑吟〉卷十四

說明：流水、止水上下句參差爲文而文意反復變化。

莫向山中尋白玉，但於身上覓黃金。山中白玉有時得，身
上黃金無處尋。　　　　　　　　　　〈知音吟〉卷十七

說明：山中、身上、白玉、黃金四辭，均上下句參差，而文意
　　　反復相生。

行筆因調性，成詩爲寫心。詩揚心造化，筆發性園林。

〈無苦吟〉卷十七

說明：筆、性、詩、心四字既同句參差，又上下句參差，而文
　　　意反復相生。

富貴把手，貧賤掣肘。貧賤把手，富貴掣肘。

〈把手吟〉卷十七

說明：富貴、貧賤與把手、掣肘均上下句參差，而文意正反不
　　　同。

至人無夢，聖人無憂。夢爲多想，憂爲多求。

〈憂夢吟〉卷十八

說明：夢、憂二字上下句參差，而文意反復相生。

人無率爾，事貴丁寧。率爾近薄，丁寧近誠。

〈人事吟〉卷十八

說明：率爾、丁寧上下句參差，而文意反復變化。

身主於人，心主於天。心既不樂，身何由安？

〈天人吟〉卷十八

說明：身、心二字上下句參差，而文意反復相生。

……寧人負己，己無負人。……寧己負人，無人負己。

〈處身吟〉卷十八

說明：負己、負人語句上下參差，而文意反復環生。

雖然曾過眼，須是更經心；過眼未盡見，經心肯儘尋？

〈演繹吟四首之一〉卷十八

說明：過眼、經心二辭上下句參差，而文意反復相生。

人無好勝，事無過求。好勝多辱，過求多憂。

〈好勝吟〉卷十八

說明：好勝，過求二詞上下句參差，而文意反復相生。

內若能守，外自不受。內苦無守，外何能久？

〈內外吟〉卷十八

說明：內、外二字上下句參差，而文意反復相生。

明有日月，幽有鬼神。日月照物，鬼神依人。

〈幽明吟〉卷十九

說明：日月、鬼神二辭上下句參差，而文意反復相生。

性在體內，影在形外。性往體隨，形行影會。

〈影論吟〉卷十九

說明：性、體，影、形，互相參差，而文意反復相生。

五、轆轤映帶

　　轆轤原是安裝於井上之汲水滾具，如機械上之絞盤。詩話中常引用為詩體之名，實際運用情形，語焉未詳。明、梁橋《冰川詩式》第四卷云：「轆轤韻法，單轆轤者，單出單入，兩句換韻。雙轆者雙出雙入，四句換韻。」此內涵指韻的變化，所舉李白〈妾薄命詩〉例，

也不甚正確。明、楊良弼《作詩體要》也列有〈轆轤體〉，舉白居易
〈讀禪經詩〉爲例，白詩云：「須知諸相皆非相，若住無餘卻有餘。
言下忘言一時了，夢中說夢兩重虛。空花豈得兼求果？陽焰如何更覓
魚？攝動是禪禪是動，不禪不動即如如。」(《白居易集》卷三十二)
很顯然，白詩例是解釋詩句中以不斷的轆轤重出字爲作詩的技巧。其
與上文參差反復蠻類似，但是參差反復以同句不重出爲原則，此種轆
轤體則以不斷重出映帶爲主。所謂「映帶」指上下詩句相互照映聯絡，
自成情致。

　　錢鍾書也指陳邵雍詩「轆轤映帶，格愈繁密，而調益流轉。」
〔註4〕也非指韻而言，卻說明同句的詩拈字重出，而文意變化無窮，
並且格調流轉細密順暢。此種句法唐杜甫、韓愈、白居易、李商隱
皆熟爲，如杜甫〈聞官軍收兩河〉云：「即從巴峽穿巫峽，便下襄陽
向洛陽。」又〈曲江對酒〉云：「桃花紅逐楊花落，黃鳥時兼白鳥飛。」
又例如李商隱〈杜工部蜀中離席〉云：「座中醉客延醒客，江上晴雲
雜雨雲。」又〈春日寄懷〉云：「縱使有花兼有月，可堪無酒又無人。」
而韓愈〈遣興〉詩云：「莫憂世事兼身事，且著人間比夢間。」和白
居易〈偶飲〉詩云：「今日心情如往日，秋風氣味似春風。」皆此類
也。不但唐人如此，宋人亦多效之者。例如王安石〈江雨〉詩云：「北
澗欲通南澗水，南山正遶北山雲。」而黃庭堅〈雜詩〉云：「迷時今
日如前日，悟後今年似去年。」又〈次韻題粹老客亭詩後〉云：「惟
有相逢即相別，乍然同喜又同悲。」〔註5〕足見唐宋詩人俱用此法，
惟邵雍用之不饜，儼然形成「邵雍的詩法」，謂之「康節體」此法當
也是原因之一。下文以《擊壤集》爲例證，略述論之：

　　　　遊山「太空」更「少室」，看水「伊川」又「洛川」。

　　　　　　　　　　　　　　　　　　　　〈和魏教授見贈〉卷六

〔註4〕錢鍾書，《新編談藝錄》，1983 年，初版，第五、七節，189 頁，出
　　　　版局不詳，香港。
〔註5〕錢鍾書，《新編談藝錄》，1983 年，初版，第二節，第 11～12 頁，出
　　　　版局不詳，香港。

「有花」無月愁「花老」,「有月」無花恨「月孤」。

〈花月長吟〉卷六

「對酒」有花非「負酒」,「對花」無酒是「虧花」。

〈對花飲〉卷七

「曉物」情人爲「曉事」,「知時」態者號「知人」。

〈曉事吟〉卷十一

正要「雨時」須「不雨」,已「成災」處更「成災」。

〈憫旱〉卷十一

妄欲「斷緣」「緣愈重」,徼求「去病」「病還多」。

〈學佛吟〉卷十四

「江南」「江北」常相逐,「春後」「春前」多自呼。

〈鷓鴣吟二首之二〉卷十七

「大得」卻須防「大失」,「多憂」元只爲「多求」。

〈答友人勸酒吟〉卷十七

「千片」「萬片」巧粧地,「半舞」「半飛」斜犯楹。

〈和商守登樓看雪〉卷二

「南園」「之南」草如茵,……「飄來」「飄去」殊無因。

〈南園南晚步思亡弟〉卷六

「施朱」「施粉」色俱好,「傾國」「傾城」艷不同。

〈二色桃〉卷二

「夢中」「說夢」猶能憶,「夢覺」「夢中」還又隔。

〈夢中吟〉卷三

當默「用言」「言是垢」,當言「任默」「默爲塵」。

〈言默吟〉卷四

「跡異」「名尤異」,「心同」「齒更同」。

〈寄陝守祖擇之舍人〉卷五

欄杆「椅了」還「重倚」,芳酒「斟迴」又「再斟」。

〈恨月吟〉卷六

「相招」「相勸」飲流霞，「鬢亂」秋霜「髮亂」葦。

〈林下五吟之四〉卷八

酒因「春至」「春歸」飲，詩爲「花開」「花謝」吟。

「花謝」「花開」詩屢作，「春歸」「春至」酒頻斟。

〈喜春吟〉卷十

閑看「密蜂」收「密」意，靜觀「巢燕」壘「巢」心。

〈旋風吟之三〉卷十一

　　劉勰《文心雕龍》曰：「凡聲有飛沈，響有雙疊。……並轆轤交往，逆鱗相比。……」將文句轆轤映帶與聲響聯鎖的關係合言〈聲律篇，卷七〉，而趙翼〈甌北詩話卷十二〉也提到古人聯鎖句法多有此類，但頗不以爲然。吾人以爲是否襲用，是否落入窠臼，仍取決於詩人妙善簡擇，惟詩心是用。就邵雍而言，以詩御理，以聯鎖字御詩，有助於詩的強度，所以誠有其便宜處；因用之多，遂爲康節體語言之特色。

六、變化結構

　　邵雍的詩集，類似生活化的自傳，儘管詩的本身避免主觀的意見，但是許多詩都有詩人的影子，故有以詩作傳的感覺。經翻閱詩集，確實言及詩人名姓之處有四一三次，亦有以名姓爲詩題者，如卷十八〈堯夫吟〉、卷十三〈堯夫何所有〉、卷十二〈依韻和王安之少卿見戲，安之非是棄堯夫吟〉等。以「吟」字爲題的寫法，固然是邵雍獨特的藝術表現方式，而打破漢唐和宋初西崑體的詩體格律，凸顯出邵雍在尋找理學詩的最佳表達詩體，其開創理學家詩論的企圖心非常強烈。顯然邵雍致力於詩體，多所因革，不但字法、句法變化特別，甚而篇章結構亦勇於嘗試，而出古今所未有。

（一）首尾句相同的詩體

　　邵雍以「堯夫非是愛吟詩」爲律體的首句、尾句，其寫作時間雖不同年，卻能組成一百三十五首的一組詩論（這一組實際只有一百三

十四首；今北京大學〈全宋詩本〉又尋得輯佚的另一組首尾吟〉。今
舉〈首尾吟第一首〉爲例，如：「堯夫非是愛吟詩，爲見聖賢興有時。
日月星辰堯則了，江河淮濟禹平之。皇王帝霸經褒貶，雪月風花未品
題。豈謂古人無闕典，堯夫非是愛吟詩。」除去首尾，其中僅有中間
六句能表達詩意，就詩的內涵上而言，是有缺陷的，但是以單首詩能
首尾回環兼顧文意的視角來看，又顯出這種詩體的開創性和圓滿性。
又見大陸版《全宋詩》卷三八一輯有邵雍〈訓世孝弟詩〉十首，每首
以「子孝親兮弟敬哥」爲首句尾句，這一組詩的內涵係以人倫哲學爲
課題。凡此詩體詩人顯然經過長時間的創作試驗，所以成熟無比。這
種古無前例的創新詩體，宋、明、清詩人常有效法者。譬如宋朝司馬
光、程顥等在《擊壤集》中皆曾和堯夫〈首尾吟〉。明朝陳舜道〈春
日田園雜興〉詩即學首尾吟詩體者也。〔註6〕

（二）首句與詩題相同的詩體

　　詩組或獨詩，其中每首詩的首句有幾字皆與詩題相同，此體也是
邵雍常用，例如卷一〈高竹八首〉，首句皆冠高竹兩字。形成首句與
詩題相同，十分搶眼的結構。此八首詩首句爲「高竹百餘挺」、「高竹
臨清溝」、「高竹已可愛」、「高竹碧相倚」、「高竹如碧幢」、「高竹雜高
梧」、「高竹數十尺」、「高竹逾多青」等。另有卷十九的〈窺開吟十三
首〉竟然形成絕句中的前二句完全相同的詩體，極特別。而同卷的〈爲
客吟〉，以首句「忽憶○○爲客日」組成四首詩組，同乎此類手法。

　　另有卷二〈竹庭睡起〉，首句「竹庭睡起閑隱几」；卷三〈名利吟〉，
首句「名利到頭非樂事」；卷三〈何事吟〉，首句「何事教人用意深」；
卷三〈三十年吟〉，首句「三十年間更一世」；卷三〈夢中吟〉，首句
「夢中說夢猶能憶」；卷四〈辛酸吟〉，首句「辛酸既不爲中味」；卷
五〈緣飾吟〉，首句「緣飾了時稱好手」等亦是此體。

〔註6〕楊良弼，《作詩體要》，1973年，初版，337～338頁，廣文書局，台
　　　北。

　　另有詩題中的某幾字與詩的首句相同者，經翻閱全集約有一五○首，此處僅略舉數例以証。

　　〈十日西過永濟橋〉卷五，首句「十日西行過永濟」。

　　〈安樂窩中好打乖吟〉卷九，首句「安樂窩中好打乖」。

　　〈年老逢春〉十三首卷十，首句爲「年老逢春春莫猜」、「年老逢春春正妍」、「年老逢春雨乍晴」、「年老逢春莫厭春」、「年老逢春始識春」、「年老逢春春意多」、「年老逢春春莫厭」、「年老逢春春莫慳」、「年老逢春莫厭頻」、「年老逢春興未收」、「年老逢春莫惜狂」、「年老逢春春不任」、「年老逢春認破春」。

　　〈所失吟〉卷十，首句「所失彌多所得微」。

　　〈安樂窩中吟〉十三首卷十，首句爲「安樂窩中職分修」、「安樂窩中事事無」、「安樂窩中弄舊編」、「安樂窩中萬戶侯」、「安樂窩中春夢迴」、「安樂窩中春不虧」、「安樂窩中三月期」、「安樂窩中春暮時」、「安樂窩中甚不貧」、「安樂窩中設不安」、「安樂窩中春欲歸」、「安樂窩中雖不拘」（其中僅此首詩出現在第二句，即生爲男子偶昌辰，安樂窩中富貴身）。

　　〈善賞花吟〉卷十一，首句「人不善賞花」。

　　〈春雨吟〉卷十一，首句「春雨細如絲」。

　　〈可惜吟〉卷十一，首句「可惜熙熙一片春」。

　　〈恍惚吟〉卷十二，首句「恍惚陰陽初變化」。

　　〈人生長有雨般愁〉卷十三，首句「人生長有兩般愁」。

　　〈歲儉吟〉卷十四，首句「歲儉心非儉」。

　　〈人貴有精神吟〉卷十五，首句「人貴有精神」。

　　〈秦川吟〉三首卷十五，首句「當時馬上過秦川」（之一）、「秦川兩漢帝王區」（之二）。

　　〈溫良吟〉卷十六，首句「君子溫良當責備」。

　　〈君子吟〉卷十六，首句「君子與義」（之一）、「君子尙德」（之二）、「君子作福」（之三）、「君子樂善」（之四）、「君子好譽」（之五）、

「君子思興」（之六）、「君子好與」（之七）、「君子好生」（之八）。

〈大象吟〉卷十七，首句「大象自中虛」。

〈秋盡吟〉卷十七，首句「數日之間秋遂盡」。

〈未有吟〉卷十七，首句「未有一分功」（之一）、「未有一分讓」（之二）。

〈盃盤吟〉卷十八，首句「林下盃盤大寂寥」。

〈過眼吟〉卷十八，首句「紛紛過眼不須驚」。

〈得失吟〉卷十九，首句「時難得而易失」。

（三）長短吟詩體

詩題以長吟或大吟名篇，在邵雍詩自成為一種特別的寫法。與長吟相對的，也有短吟、小吟名篇的詩題，觀其短吟之作皆為長吟同詩題的較短作品。是以所謂長短吟實寓有同一詩題而別繁簡之意。然而長短吟雖說同一詩題，就其內容觀察二者之間，並無有意的連接，也就是說，各詩都是獨立的創作，除非像〈首尾吟〉一三五首，〈高竹〉八首，〈共城十吟〉十首，〈訓世孝弟詩〉十首等是經過縝密設計其串連的結構，而寫成一個有意義的單元。

（1）長吟、大吟

觀棋大吟（卷一）芳草長吟（卷六）

觀棋長吟（卷五）落花長吟（卷六）

花月長吟（卷六）垂柳長吟（卷六）

春水長吟（卷六）清風長吟（卷六）

安樂窩中四長吟（含安樂窩中詩一編、安樂窩中一部書、安樂窩中一炷香，安樂窩中酒一樽，四詩連四長吟序皆有「安樂窩中」四字，然已自成長吟體系，故列於此）（卷九）

另有小車六言吟（係六言詩）、安樂吟、甕牖吟、盆池吟、小車吟、大筆吟（以上四言詩）詩畫吟、詩史吟、演繹吟、史畫吟（以上五言詩）俱是長吟之流，雖然並無長吟名，卻有其事實。

（2）短吟、小吟

落花短吟（卷六）春水短吟（卷六）

芳草短吟（卷六）清風短吟（卷六）

垂柳短吟（卷六）

安樂窩中吟十三首（卷十）（卷九有安樂窩中長吟，此十三首及卷十三安樂窩銘雖無短吟之名，卻有短吟之實）

觀棋小吟（卷十七）案：小吟即短吟之意。

觀棋絕句（卷十七）案：絕句亦短吟之意，可與觀棋長吟相對觀之。

（四）閒吟詩體

詩題以「閒」字為主題，固然形成擊壤集特殊的體裁和心境，以結構而言，古今詩人中以「閒」聞名和作詩之多，除卻白居易以「閒適」體內容著稱外，當以邵氏最具代表。邵雍的「閒」意，有時是「靜」連接成「閒靜」的意境，有時則與「樂」聯合成「閒樂」的意境，所以邵雍閒吟體的面貌有很多變化，不見得是單一的詩境。此處略舉數例如後：

〈閒吟〉四首卷一〈閒行吟〉三首卷七

〈閒行〉卷三〈春盡後園閒步〉卷七

〈燕堂閒坐〉卷三〈閒居吟〉卷十

〈閒吟〉卷四〈閒適吟〉卷十二

〈閒坐吟〉卷四〈月陂上閒步吟〉卷十二

〈天津閒步〉卷四〈閒步吟〉三首卷十四

〈閒居述事〉卷四〈閒中吟〉卷十七

〈閒適吟〉五首卷六〈春郊閒居〉卷二十

〈初夏閒吟〉卷六〈春郊閒步〉卷二十

〈天津閒步〉卷七

（五）偶字詩體

詩體以偶字為主題，標榜一時之興起而作之詩。同題目的詩，在

《擊壤集》好像故意爲之不避，究其內容各立主意，非有規劃。考「偶」字意義，名符其實，眞是偶然詩興之作也。

〈偶書〉卷三〈偶得吟〉卷十一

〈偶書〉卷五〈偶得吟〉卷十二

〈偶得吟〉二首，卷七〈偶得吟〉卷十三

〈偶得吟〉卷七〈偶書〉四首卷十四

〈偶書吟〉卷八〈偶得吟〉卷十六

〈偶書〉卷十〈偶得吟〉卷十七

〈偶得吟〉卷十

（六）箋云冠首的詩體

箋注之義，邵雍以「箋云」冠於詩首，意謂整首詩乃「詩題」的箋注。卷十一，其〈箋年老逢春〉八首者，皆屬此類。如詩題〈老年才會惜芳菲〉，內容則爲之詮釋惜芳菲的意思，故「箋云：一歲正榮處，三春特盛時。是花堪愛惜，況見好花枝。」

（七）問答詩體

詩中以相互應答爲體，邵雍詩〈答傳欽之〉一首，起首「欽之謂我曰」，詩中「我謂欽之曰」，一往一答，連接全詩，但又與全詩字數、詩意格格不入，眞是奇體。

（八）回文詩體

此首尾句爲彼首首句，而此首首句則爲彼首之尾句，上下首詩之間首尾相聯，故回文相生。譬如：旋風吟四首，其一「安有太平人不平……松桂隆多始見青」，其二「松桂隆多始見青……安有太平人不平」這二首互爲回文。第三首「近日衰軀有病侵……自是堯夫不善琴」，第四首「自是堯夫不善琴……近日衰軀有病侵」則三、四首互爲回文。這種詩體與首尾吟詩體同首回文的方式，又略有不同。

綜上詩體，顯然可以看出邵雍勇創詩體的企圖，和不斷嘗試的努力。惟詩體自漢以降，至唐發展已達顛峰，宋詩走向宋詞的發展原是

穩定的方向，欲撼動此一潮流，詩人恐是費心多而少成就。

第二節　邵雍詩的色彩

　　詩人在詩歌創作的過程中，通過客觀實踐將腦海中的審美觀照，藉著色彩、生活來表現強烈的審美感受。就邵雍而言，詩歌即生活，色彩即自然，於是自然平常的色彩便是它詩歌塑造意象的方式。陳白沙說：「康節以鍛鍊入平淡」〔註7〕此正是申明邵雍重視自然色彩而拋棄濃麗文采的詮解。

　　對於詩人如何調配色彩，自古至今，並無一人提及，是詩人於詩的色彩鍛鍊毫不經心？抑是詩人著意於淡彩之表達？下文將舉例以明之。

一、一句中出現一種顏色

「白」雲耕叟說方知。　　　　　〈相笑〉《全宋詩·邵雍》卷廿一

群芳委盡「綠」陰密，遊騎去殘「紅」日斜。

〈暮春吟〉《全宋詩·邵雍》卷廿一

得路「青」宵正好衝。　　　　　〈隨緣吟〉《全宋詩·邵雍》卷廿一

水光連夜「白」。　　　　　　　〈集句〉《全宋詩·邵雍》卷廿一

翻階美態醉「紅」粧。〈芍藥四首之二〉《全宋詩·邵雍》卷廿一

杏正垂實裝輕「黃」。　　　　　　　　　　〈竹庭睡起〉卷二

次第身疑在「水晶」。　　　　　　　　〈和商守登樓看雪〉卷二

天河落後盡成「銀」。　　　　　　　　〈和商守西樓雪霽〉卷二

尤喜「紫」芝先入手。〈謝商守寄到天柱山戶帖仍依原韻〉卷二

不廢秋江「碧」。　　　　　　　　　　　　〈秋懷之五〉卷三

長松挺「青」蔥。　　　　　　　　　　　〈秋懷之三四〉卷三

四面遠山長斂「黛」。　　　　　〈天津感事二十六首之五〉卷四

〔註7〕陳郁夫，《中原文獻·吾愛邵夫子》，1977年，第九卷6期，台北。

萬歲峰高冪「紫」煙。〈依韻謝登封劉李裴三君見約遊山〉卷五

梅萼偷春半露「紅」。〈閑適吟之六〉，卷六

沙裏有「金」然索揀。〈天宮小閣倚欄〉卷七

卻行何異棄「金」車。〈偶得吟〉卷七

「水精」宮裏宿煙霞。〈訪南園張氏昆仲因而留宿〉卷八

「金」鴈橋邊立馬時。〈代書寄程正叔〉卷八

萬「紅」香裏烹餘後。〈和王平甫教授賞花處惠茶韻〉卷八

富貴春華雨後「紅」。〈安樂窩中自貽〉卷八

花繁「翠」似鈿。〈和花庵上牽牛花〉卷九

爲報遠山休欲「黛」。〈秋霽登石閣〉卷九

「白」圭無玷始稱珍。〈誡子吟〉卷九

滿眼雲林都是「綠」。〈樓上寄友人〉卷十

酒涵花影「紅」光溜。〈插花吟〉卷十

誰讓「黃金」無子遺。〈安樂窩中吟之七〉卷十

嘖嘖「翠」禽花上飛。〈安樂窩中吟之八〉卷十

一般顏色如「臙脂」。〈食梨吟〉卷十

初新「金」作衣。〈流鶯吟〉卷十一

「丹」山誰道鳳爲巢。〈逸書吟〉卷十一

松桂隆冬始見「青」。〈旋風吟之一〉卷十一

巨浪「銀」山立。〈大筆吟〉卷十一

新蒲細柳年年「綠」。〈安樂窩前蒲柳吟〉卷十三

何處「青」樓隔桃李。〈天津閑樂吟〉卷十五

草木已「黃」情奈何。〈秋盡吟〉卷十七

唐虞玉帛煙光「紫」。〈首尾吟之廿九〉卷二十

月華正似「金」波溜。〈首尾吟之四十〉卷二十

風露清時收「翠」潤。〈首尾吟之四十一〉卷二十

晴外亂「紅」翻。　　　　　　集外詩〈春郊花落〉卷二十

二、一句中出現二種以上顏色

「白」白「朱」朱亂遠村。

〈遊海棠西山示趙彥成〉，大陸版全宋詩邵雍卷廿一

魏「紫」姚「黃」掃地空。

〈芍藥四首之三〉，大陸版全宋詩邵雍卷廿一

「金」谷暖橫宮殿「碧」。　　　　　　〈春遊五首之四〉卷二

施「朱」施「粉」色俱好。　　　　　　　　〈二色桃〉卷二

看即「青」山與「白」雲。　　　　　　〈思山吟之一〉卷六

「鉛錫」點「金」終屬假。　　〈崇德閣下答諸公不語禪〉卷七

這般「紅」「翠」卻長偎。　　　　　　　〈南園花竹〉卷八

髮到「白」時難受「彩」。　　　　　〈安樂窩中自訟吟〉卷八

且異「緇」「黃」徽廟貌。　　　　　〈安樂窩中一炷香〉卷九

千「紅」萬「翠」中間裏。　　　　　　〈年老逢春之六〉卷十

砌下「黃」花空散「金」。　　　　　　〈旋風吟之三〉卷十一

毛如「霜雪」眼如「朱」。　　　　〈謝宋推官惠白牛〉卷十三

牡丹百品「紅」與「紫」。　　　　　　〈內鄉天春亭〉卷十五

難忘「黑」「白」心。　　　　　　　〈觀棋絕句之一〉卷十七

萬「紫」千「紅」處處飛。　　　　　　　　〈落花吟〉卷十九

「青」女「素」娥應有恨。　　　　　〈首尾吟之八四〉卷二十

三、一聯中出現二種以上顏色（聯語固以對仗爲原則，
　　仍可見其用色是否另有涵義）

「朱」門爛「金」「紫」，「青」樓繁管絃。

〈寄謝三城太守韓子華舍人〉卷一

「綠」楊陰裏尋芳遍，「紅」杏中帶醉歸。

〈春遊五首之三〉卷二

「紅」葉戰西風,「黃」花笑寒日。〈秋懷三六首之廿九〉卷三
「白」酒連酹飲,「黃」花帶露觀。〈秋懷三六首之三十〉卷三
門外柳陰浮「翠」潤,階前花影溜「紅」光。

〈暮春吟〉卷四

雖無「紫」詔還朝速,卻有「青」山入夢頻。

〈問人丏酒〉卷四

日出崖先「紅」,雨餘嵐更「碧」。　〈登封縣宇觀少室〉卷五
「翠」竹陰中開縹帙,「白」雲堆裏挹飛泉。

〈依韻和壽安尹尉有寄〉卷五

佳樹排「青」巖下圍,好峰環「翠」縣前山。

〈壽安縣晚望〉卷五

翩翩「綠」羅帶,縹緲縷「金」衣。　　〈垂柳長吟〉卷六
已蒙賢傑開「青」眼,不顧妻孥怨「白」頭。

〈歲暮自貽〉卷八

「紅」芳若得眼前過,「白」髮任從頭上添。

〈年老逢春之七〉卷十

「碧」玉琢爲軫,「黃」金拍作徽。　　〈古琴吟〉卷十一
煙柳嫩垂低更「綠」,露桃「紅」裏暖仍香。

〈依韻和王安之少卿六老詩之二〉卷十三

剪斷「白」雲根,分破「蒼」岑角。

〈王勝之諫議見惠文房四寶……因之謝之〉卷十三

「銅」雀或常聞,未嘗聞「金」雀。

〈王勝之諫議見惠文房四寶……因之謝之〉卷十三

「青」雲路穩無功上,「翠」竹叢疏有分閒。

〈和和丞制見贈〉,卷十六

徒有碌碌「青」,亦有磷磷「白」。　〈亂石吟〉,卷十七
草色依稀「綠」,花梢隱約「紅」。　〈探春吟〉卷十八
水雲「黑」,火雲「赤」。　　　　〈觀物吟〉卷十九

臥看「蒼」溟圍大塊，坐觀「紅」日出扶桑。

〈為客吟之二〉卷十九

韭蔥蒜薤「青」遮隴，蘋芋薑蘘「綠」滿畦。

〈首尾吟之六五〉卷二十

四、用色模糊

「竹」色交「山」色。　　　　　　　　　　〈宿壽安西寺〉卷三

滿目「空」雲煙。　　　　　　　　　　　　〈女几祠〉卷三

多少水禽「文彩」好。　　　　　　〈天津感事之十六〉卷四

骨傷兩處慙「蒼」壁。　　　　　　　〈留題龍門之二〉卷五

月見奇花「光彩」舒。　　　　　　　　　〈花月長吟〉卷六

醉擁旌幢「錦光」溜。〈代書謝王勝之學士寄萊石茶酒器〉卷七

松桂心同「色」更同。　　〈代書寄白波張景真輦運〉卷七

天地色「皚皚」。　　　　　　〈和李審言龍圖大雪〉卷八

一般顏色正「蒼蒼」。　　　　　　　　　〈蒼蒼吟〉卷八

「草」色連「雲」色。　　　　　　　　　　〈秋望吟〉卷十二

月當松「皎潔」。　　　　〈謝圓益上人惠詩一卷〉卷十二

長江一片常如鄉「練」。　　　　　　　　〈學佛吟〉卷十四

春時桃李如「綵」雲。　　　　　　　　〈內鄉天春亭〉卷十五

小盃斟酒發「酡」顏。　　　　　　　　　〈老去吟〉卷十七

況今年老「雪」堆頭。　　　　　　　〈答友人勸酒吟〉卷十七

筆落春花「爛」。　　　　　　　　　　　〈筆興吟〉卷十九

湯武干戈草色「萎」。　　　　　　　〈首尾吟之廿九〉卷二十

　　透過對色彩情緒意義的了解，確實可以左右我們聯想的感應，但是感應的激烈程度，主要還是來自整句詩直接的撞擊力。色彩和音樂一樣，在同樣不可言喻的方式之中，使我們感覺和夢想，也就是色彩所傳達的是色調本身的聯想。邵雍詩所設計的色彩很平常，例如：一

般色彩是黑、白、紅、綠、青、黃、紫,而由上述色彩引伸所產生的
延展顏色有朱、丹、翠、碧、緇、素、金、銀、水晶、水精、黛等,
再度延展的顏色則籠統不易辨明,但是聯想空間卻容易擴張,例如
酡、雪、空、綵、錦、絲、練、爛、羞,甚至於更籠統的草色、竹色、
雲色、山色等。我們覺得邵詩色調鮮明性的降低,爲了讓視覺減少引
誘而擴大心靈聯想的增進。如此適於表達理性、恬淡的詩境,故其色
彩語言隱藏在詩人的風格和文學背景之中。

第三節　邵雍詩的詞藻

　　《四庫全書擊壤集提要》以爲北宋詩普遍衍於長慶餘風,舉王禹
偁詩「本與樂天爲後進,敢期杜甫是前身」爲其例,又謂「邵子之詩
其源亦出白居易」然前文已分析邵雍的文學觀和文學背景,期期以爲
必不如此單純。

　　歷來詩評家泰半體認邵雍學杜仿白,如此之認知,前者係想當然
耳,因爲唐末宋代詩人雖不皆學杜,但無人能出杜體之外,確是事實。
〔註 8〕後者吾懷疑係受到邵雍一首詩句之影響,此詩云:「樂天爲事
業,養志是生涯」〈擊壤吟,卷十七〉明舉「樂天」兩字,本非指白
樂天,然實易引人誤會。雖說邵詩學自多家,其以常言俗語爲詞藻特
色,九百年來固爲不易之論。明代胡應麟《詩藪》云:「江山如有待,
花柳更無私,程邵得之而爲理屈。」(229 頁),又云:「程邵好談理
而爲理縛,理障也。」(129 頁),清代吳喬《圍爐詩話》云:「宋人
詩話多論字句,以致後人見聞愈狹。然煉子與琢句不同。琢句者,陶
洗陳濁也。常言俗語,唯靖節、子美能用之。學者便流於堯夫擊壤集
五七字,爲句之語錄也。」(卷一,103 頁)這些詩話皆標榜唐詩爲
尙,務求數落宋詩爲樂,下筆本無新見之苛論,第常言、俗語、理語、
俚言,俱是邵詩詞藻之佳處特色,不可匆匆輕易放過。

〔註 8〕 胡應麟,《詩藪・内篇近體上》,230 頁,廣文書局,台北。「唐末宋
　　　　元人不皆學杜,其體則杜集咸備。」

　　邵詩的詞藻，擅長以常言俗語貫通全篇，能自然流露閑趣拙情，甚而飄灑無限天趣妙理，直中人懷。反之，若摘枝摘葉翦碎全詩，則真不堪入法眼，而氣弱詞鄙尤甚於白樂天。故觀賞邵詩當以全篇索之，則其捨棄麗藻，返素歸眞之儒者道士形象，躍然出於眼前。錢鍾書《宋詩選註》，不選邵詩，卻於註釋中半露邵詩，〔註9〕識得邵詩天機一片的特質，但始終沒有全面剖析。錢氏說：「歐陽修，……在以文爲詩這一點上，……替道學家像邵雍、徐積之流開了個端。」其實，不如說邵詩就是有「以文爲詩」的本色，則邵詩詞藻多常言俗語的語言特徵就不足爲奇了。當代梅堯臣與邵氏年齡相當，也曾主張平淡樸素，可見是同時代反西崑體的趨勢和要求，但是錢鍾書反對「平得常常沒有勁，淡得往往沒有味」，其理極對，但是應以全集觀察，非以單句而求索之（宋詩選註 16 頁）。

　　邵詩常俗的詞藻雖不利於塑造情韻的優美，卻能讓邵詩更接近宋詩以理爲詩，以文爲詩的質素，更有利於發展道學派詩歌質樸的特色。邵雍而後蘇軾、黃庭堅和江西詩派，也無不紹受其啓發。只是邵雍的心閒意定、自在灑脫是周敦頤、程頤、張載、朱熹、陸九淵等都學不到的；而他的融入世情，關懷宇宙的人格，又不是江西詩派可以擷抗的。

　　錢穆選邵雍、朱熹、陳獻章、王守仁、高攀龍、陸世儀等六家詩，編成《宋明理學六家詩鈔》，評曰：「康節詩最爲創新」（理學六家詩鈔序）又引《魏鶴山文集》云：「蓋左右逢源，略無毫髮凝滯倚著之意。」他也首肯邵詩詩思詞藻的寬舒和平。朱熹合濂洛之正傳，紹鄒魯之墜緒，爲宋理學之集大成者，其詩，錢穆評曰：「雅澹和平」（《理學六詩鈔》朱晦菴別傳）。吾人以爲康節和晦庵兩家詩，終不脫「和平」二字，只不過康節詩的詞藻對於常言俗語的容量更加寬廣，而晦

〔註9〕錢鍾書，《宋詩選註》，29 頁，第 4、5 行，新文豐出版公司，台北。舉「邵雍〈春遊詩〉」爲註釋。又第 8 頁，第七、八行再舉〈春遊詩〉首句爲註釋。

庵則稍偏向雅緻，其平和語是有所簡擇者也。以下舉例就分別「常言生活語」、「俗語」、「寬舒平和語」、「理語」四大類來說明邵詩詞藻的特徵。雖然，此乃以偏蓋全之舉，並非邵詩詞藻特徵的全豹，我們仍可繼續研析之。

一、常言生活語

日常言者，即指日常用語，係以常見詞彙入詩也。常言生活語與俗語俚語之最大不同，乃其詞彙不必辨明雅俗之別，只要明白如話即可。邵雍的詩語時有援引家常話入詩者，像「失腳」、「閑拱手」、「閑言語」……等都是日常對語所用，詩人看似不經選擇採用，其實仍是斟酌再三而入詩的。常言生活語的詞藻容易形成自然親切的風格。

林下閑言語，何須更問爲？　　　　　　　　〈答人吟〉，卷十二
（引程頤日常評杜詩寫景之語，即「閑言語，道他做甚！」）
吾能一貫之，皆如身所歷。　　　　〈皇極經世一元吟〉卷十三
眼前隨分好光陰，誰道人生多不足。

　　　　　　　　　　　　　　〈安樂窩前蒲柳吟〉卷十三
深冬寒木固不脫，未但小星猶有光。　　〈觀五代吟〉卷十五
娶妻娶柔和，嫁夫嫁才美。安得正婦人，作配眞男子。

　　　　　　　　　　　　　　　〈人貴有精神吟〉卷十五
容去有時閑拱手，日高無事靜梳頭。　　〈對酒吟〉卷十六
有限光陰隨事去，無涯衰朽送人來。　　〈書事吟〉卷十六
縱然時飲酒，未肯學劉伶。　　　　　　〈知非吟〉卷十八
自是此土亦辛苦，雨作泥兮風爲塵。　〈長安道路作〉卷二
清樽有酒慈親樂，猶得階前戲綵衣。　　〈春遊之三〉卷二
荒垣壞堵人耕處，半是前朝卿相家。　〈天津感事之八〉卷四
景好身還健，天晴路又乾。〈寄三城舊友衛比部二絕之二〉卷九
此數樂之外，更樂微微醉。　　　　　　〈樂樂吟〉卷九

人於橋上立，詩向雪中歸。

　　　　　　　　　　　　　〈天津看雪代簡謝蔣秀才還詩卷〉卷九

只有堯夫負親舊，交親殊不負堯夫。　　　〈閒居吟〉卷十

功名時事人休問，只有兩行清淚揩。

　　　　　　　　　　　　〈還鞠十二著作見示共城詩卷〉卷十

賞花長被盃盤苦，愛月屢爲風露傷。　　　〈老去吟〉卷十一

初訝山妻忽驚走，尋常只慣插葵花。

　　　　　　　　　　　　　　〈謝君實端明惠牡丹〉卷十三

日月如磨蟻，往來無休息。　　　〈皇極經世一元吟〉卷十三

忘形終夕樂，失腳一生休。　　　〈再和于不疑少卿見贈〉卷七

四時只有三春好，一歲都無十日閒。　〈年老逢春之八〉卷十

輪蹄交錯未嘗停，去若相追來若爭。

　　　　　　　　　　　　〈天津感事二十六首之十〉卷四

二、俗語（俚語）

　　曰俗語者，以俚俗語詞入詩也。歷代詩評家或以爲言辭卑俗，此實不明白邵詩之精神，而蔑無堯夫之肝腸也。邵詩所援引的俚俗語，非僅以辭語入詩，更以俚俗的語調和地方音韻入詩。例如：「半揩子」、「些子」、「打乖」……等詞彙大都是引用宋代俚語，所造成的詞藻，影響所及，便會造成詩歌樸素之美和詼諧的韻味。

　　一陽初動處，萬物未生時。

〈冬至吟〉，卷十八。此句清詩話22條評為卑俗，其言腐爛也

安樂窩中好打乖，打乖年紀合挨排。

　　　　　　　　　　　　　〈安樂窩中好打乖吟〉，卷九

（「打乖」一詞經遍查辭書尋不著，疑是宋代之俗語。意似故違潮流不合時宜之義）

既未能知生，又焉能知死。　　　〈觀物吟之一〉卷十五

煩惱全無半揩子。　　　〈對花吟〉，卷十六。揩子，宋時俗語

出塵些子索沈吟。　　　　　　〈何事吟寄三城富相公〉，卷三

（「些子」一詞，少許之意。為宋、元時俗用語）

天聽雖高只些子，人情相去沒多兒。〈首尾吟之廿四〉卷二十

天人之際只些子，過此還同隔五湖。　　　〈偶得吟〉卷七

緣木求魚固不能，緣魚求炙恐能行？

　　　　　　　　　　　　　〈代書答淮南憲張司封〉卷七

若俟靈丹須九轉，必求朱頂更千年。　　　〈擊壤吟〉卷八

又況雨霈時，霑及恩一溜。　　　　　　　〈種穀吟〉卷九

馬為乘多瘦，龜因灼苦焦。　　　　　　　〈和閑來〉卷九

近日僮奴惡，須防煮鶴時。　　　　　　〈古琴吟〉卷十一

兔犬俱斃，蚌鷸相持。田漁老父，坐而利之。

　　　　　　　　　　　　　　　　　〈利害吟〉卷十三

列子御風徒有待，夸夫逐日豈無疲。　　〈閑行吟之三〉卷七

大甖子中消白日（案甖為裝茶、酒器，係地區性俚俗語。）

　　　　　　　　　　　　　　　　　〈小車吟〉卷十二

二味相和就甖頭，一般收口效偏優。　　　〈太和湯吟〉卷十

三、寬舒平和語

　　寬舒語者，指其詞藻閑適抒放也。這種寬舒語，比典雅的風格瀟脫飄逸，但是比起閑靜的風格活潑，顯得步調雖然寬緩，卻更有借景抒懷的生活情趣。像「獨行月堤上」本是閑靜的詞藻，而下句「一步一高吟」，就使靜中有動，且瀟灑無比。

　　今人趙仁珪於《宋詩縱橫・理學家的詩歌創作》說：「（理學家）以表現自己的心涵養功夫為主要內容的詩，雖有些抒情色彩，……這就是他們所抒之情，是被理學家用種種無情的理論所限制住了的情。這種情只能局限於內心的涵詠，只能是一種平和、靜謐、沉著、淡漠、恭謹、篤誠之情，頂多帶有一點曾點式的谷乎沂，風乎舞雩，詠而歸的瀟灑而已。」（頁 93）這裡提到的詠而歸之類的瀟灑生活

態度的詞藻，就是邵詩所表現的寬舒語。

> 獨行月堤上，一步一高吟。　　　　　　　　〈閒步吟〉卷十四
>
> 卷舒在我有成算，用舍隨時無定名。　　　　〈龍門道中作〉卷三
>
> 榮利若浮雲，情懷淡如水。　　　　　　　　〈秋懷之二〉卷三
>
> 門前有犬臥，盡日無客來。　　　　　　　　〈秋懷之廿八〉卷三
>
> 樂道襟懷忘檢束，任眞言語省思量。　　　　〈後園即事〉卷五
>
> 水流任急境常靜，花落雖頻意自閑。〈天津感事之十五〉卷四
>
> 滿洛城人都不知，邵家獨占春風時。
> 　　　　　　　　　　〈東軒前添色牡丹一株開……〉卷十
>
> 誰謂一室小，寬如天地間。　　　　　　　　〈心安吟〉卷十一
>
> 心間無事飽食後，園裏有時閒步迴。　　　　〈晝睡〉卷十九
>
> 春深晝永簾垂地，庭院無風花自飛。　　　　〈暮春吟〉卷十三
>
> 終朝把酒未成醉，又欲臨風一浩歌。　　　　〈秋盡吟〉卷十七
>
> 食罷有時尋蕙圃，睡餘無事訪僧家。
> 　　　　　　　　　　〈依韻和王不疑少卿見贈〉卷六

　　平和語者，指其詞藻表現出情感中和，而自然流暢也。平和語能夠「著手成春」，在自然風格之中，有流暢的生命力。許多詩評家都喜歡邵雍「月到天心處，風來水面時」的詩味。也許乍看詞句抽象，實際上「天心」可以指任何的心，或任何的境，若體悟這種平和的精神，就了解下句「風來水面時」的那種說不出的舒暢。平和語也是來自錘鍊，如「月到梧桐上，風來楊柳邊」模仿六朝人詩：「芙蓉露下落，楊柳月中疏」《許彥周詩話》，詞藻自然平和也。

> 月到梧桐上，風來楊柳邊。　　　　　　　　〈月到梧桐上吟〉卷十二
>
> 梧桐月向懷中照，楊柳風來面上吹。　　　　〈首尾吟之九〉卷二十
>
> 月到天心處，風來水面時。　　　　　　　　〈清夜吟〉卷十二
>
> 明月生海心，涼風起天末。　　　　　　　　〈秋懷之三〉卷三
>
> 儒風一變至於道，和氣四時長若春。〈安樂窩中吟之九〉卷十

人或善飲酒，惟喜飲之和。　　　　　　　　〈善飲酒吟〉卷十一

林間無事可縈懷，晝睡功勞酒一盃。　　　　〈偶得吟〉卷十七

平生積學無他效，只得胸中恁坦夷。　　　　〈自詠吟〉卷十七

清談才向口中出，和氣已從心上來。　　　　〈舉酒吟〉卷十七

　　至於平和靜謐的詞藻，邵詩中也所在多有，歷代詩評家多言及此，但是它與寬舒語的詞藻都很近似，都是內心的涵詠情性，是以究竟如何區隔容易混淆的兩種詞藻呢？我們以爲寬舒與平和意境類似，寬舒語偏向閒靜的態度，而平和語偏向閒靜中節的情感。若細分不易時，當可合併同觀也。兩者原本都是邵詩閒靜生活中特有的詞彙。

四、理　語

　　理語衍爲《擊壤集》，理語是邵詩的特有詞藻，庸無可疑。邵雍詩的遣詞是否眞如詩評家所云到達「理窟」、「理障」之類，那樣可怖呢？此蓋過當苛責之言者也。吾人若細細品嘗，邵雍展現宋詩以文爲詩之媚力，如噉苦茗，有可回味之處。理語詞藻者，安排妥適，不僵化，富有觸發哲思之趣，可以造成無限的聯想，其趣自明。例如「傀儡都無帳幕遮」句就令人體會傀儡的苦處，令人會心發噱，趣味自在其中。類似這些寓物說理而不腐的詩句，讓理與趣結合，形成理學家特殊的詩風和詩境，是值得鼓勵和激賞的。

恰見安之便安樂，始知安是道梯階。

〈謝安之少卿用始知安是道梯階〉卷十一

閉目面前都是暗，開懷天外更無它。　　　　〈頭風吟〉卷十一

面前路徑無令窄，路徑窄時無過客。　　　　〈路徑吟〉卷十六

理順是言皆可放，義安何地不能居。

〈先天吟示邢和叔〉卷十六

何者謂之幾？天根理極微。　　　　　　　　〈冬至吟〉卷十八

天雖不語人能語，心可欺時天可欺。　　　　〈推誠吟〉卷十八

洗身去塵垢，洗心去邪淫。　　　　　　　　〈洗心吟〉卷十八

豈止人戈矛，炎涼自交戰。　　　〈秋懷三十六首之六〉卷三

雖知能避網，猶恐誤吞鉤。　　　　〈川上觀魚〉卷四

我對人稱過，人亦為我恕。　　　　〈無題吟〉卷七

年年長被清香誤，爭似閑栽竹數竿。　〈和任比部憶梅〉卷八

身心自有安存地，草木焉能媚惑人。〈年老逢春之十三〉卷十

須防冷眼人覷覰，傀儡都無帳幕遮。　　〈緣飾吟〉卷五

第四節　邵雍詩的用事

　　向來以為邵雍詩首重日常用語不貴用事（今稱用典），然作詩既求雅馴，又追含蓄，使用典故實有其必要。故《文心雕龍‧事類篇》云：「然則明理引乎成辭，徵義舉乎人事，迺聖賢之鴻謨，經籍之通矩也。……是以綜學在博，取事貴約，校練務精，捃理須覈，眾美輻輳，表裏發揮。……用事如斯，可稱理得而義要矣。」正所謂《滄浪詩話‧詩法篇》云：「學詩有三節，……及其透徹，則七縱八橫，信手拈來，頭頭是道矣。」邵詩之揮筆瀟灑天機妙趣乃用事至高原則，水中有鹽味者也。

　　《嚴羽詩法》首條又云：「學詩先除五俗，一曰俗體，二曰俗意，三曰俗句，四曰俗字，五曰俗韻。」此除俗之說為宋時習見之一般言論，就邵詩以俗為體，主在顛覆俗字俗句，此五俗之說難拘其詩，惟用典與藏典，乃信手拈來之一法，邵詩用之亦不妨。古今無人觸及邵詩之用典，吾人秉於研究之心態，略作討論，敢方家教正。

　　典故之來源有四，一曰譬喻，二曰成語，三曰援引史事，四曰比擬古人。而所貴有三，即貴渾然、貴貼切、貴剪裁。又所忌有四，忌錯、忌重、忌訕、忌諂。如能貴處擅長，忌處不犯，方可謂用事之極致。邵詩對於用事用典的主張一如他對於生活、生命自有一番的主張。近人程兆熊在〈邵康節的無可主張〉一文提出邵雍臨終的無可，

其實是自有主張，〔註10〕寬廣的用事用典，發揮詞章家「無可無不可，安住不熙熙」（〈求信吟〉，《擊壤集》卷十一）的妙法，讓詩人「談到世道人情處，津津有味」。〔註11〕所以有理由相信詩人對用事依然有其主張，下文即作分析。

一、譬　喻

自有皋夔分聖念，好將詩酒樂昇平。　　〈秋遊六首之二〉，卷二

說明：皋指皋陶，夔爲舜之樂官，二人俱見《書經・舜典篇》
　　　　以皋陶、夔明比國之賢良。

泥空終日著，齊物到頭爭。　　　　　　　　　　〈放言〉卷三

說明：以「空」譬喻佛教，以「齊物」譬喻道教。

須知卻被才爲害，及至無才又卻憂。　　〈三十年吟〉卷三

說明：「才」、「無才」暗用《莊子・人間世》的典故。詩人自
　　　　許爲「異材」，且有「材之患」。

劍去擁妃子，兵來圍石崇；馬嵬方戀戀，金谷正匆匆。
　　　　　　　　　　　　　　　　　　　　　〈落花長吟〉卷六

說明：以貴妃死馬嵬，綠珠墜金谷暗喻「落花」之場景。

荀楊若守吾儒分，免被韓文議小疵。〈和王安之少卿韻〉卷七

說明：以荀子、楊雄自喻。

二、成　語

綺嗟乎玉兮，產之於荊山；和氏雖云知，楚國未爲然。
　　　　　　　　　　　　　　　　〈寄謝三城大守韓子華舍人〉卷一

說明：活用「和氏璧」的典故。

枯猶藏狡兔，腐亦化流螢。　　　　　　〈芳草長吟〉卷六

說明：上句引狡兔三窟之成語（戰國策、齊策）下句活用梁《昭

〔註10〕程兆熊，《人生雜誌・邵康節的無可主張》，1955年，第十卷6期，
　　　　114號，人生雜誌社，香港。
〔註11〕葉廷秀，《詩譚・讀邵康節詩》，1973年，十卷，廣文書局，台北。

明太子文集》卷三〈錦帶書十二月啟〉之〈林鍾六月〉
「螢飛腐草，光浮帳裏之書」句，「螢飛腐草」即成語
也。

有意楊花空學雪，無情榆莢漫堆錢。　　　〈春暮吟〉卷十五

說明：上句活用《世說新語‧言語第二》：「未若柳絮因風起」
　　　之成語，而句見施肩吾〈戲詠榆莢詩〉：「風吹榆錢落如
　　　雨」(《全唐詩》卷四百九十四) 之成語，因二詩為常見
　　　之詞，似可同成語。

谷口鄭真焉敢望，壽陵餘子若為謀。　　　〈歲暮自貽〉卷八

說明：下句暗用《莊子‧秋水篇》「邯鄲學步」的成語。上句
　　　謙稱不敢比擬漢朝高士鄭樸，字子真，故而下句說己如
　　　燕國壽陵地之未成人少年，未能學步鄭樸而失故行。

八卦小成皆有主，三才大備略無遺。〈首尾吟之七五〉卷二十

說明：三才，即天地人之稱也。成語有「天地與人，謂之三才」
　　　之語。但三字經及易經說卦傳皆有此熟語，故可視為成
　　　語之活用。上句係易經繫辭上：「十有八變而成卦，八
　　　卦而小成」，典出於此，亦是成辭。

三、援引史事

　　詠史詩多係援引史事，或翻案或議論，不一而足。邵雍詠史之作
共有八十餘首 (含相關資料)，亦不例外。

殺多項羽坑秦卒，敗劇苻堅畏晉師。　　　〈觀棋長吟〉卷五

夏商正朔猶能布，湯武干戈未便驅。　　　〈觀三王吟〉卷十五

有刀難剖公閭腹，無木可梟元海頭；禍在夕陽亭一句，上
東門嘯浪悠悠。　　　　　　　　　　　〈觀西晉吟〉卷十五

說明：公閭乃賈充之字，元海即劉淵之字，二人皆見《晉書》
　　　(卷四十及卷一○一)。賈充仕魏，因貪生怕死，阻魏
　　　武帝伐吳，乃怯懦臣子。劉淵，匈奴人，初仕魏，有野

心。會，晉惠帝八王之亂，稱漢王，陷太原、河東，僭帝位。五華亂華自茲始，乃亂臣賊子。西晉亡亂，兩人為關鍵。而夕陽亭荀勖之一席話，勸賈充嫁女為齊王妃，連結皇室，為魏晉亂源。又劉淵在宴會中，縱酒長嘯，慷慨歔欷，一座感動，眾人遂中陰謀。

定國案：邵雍精熟史事，觀察入微，委瑣細節，援引入詩，就此點而論，的確出宋代其他理學家許多。

孟嘗居先，信陵居亞，平原居中，春申居下。

〈四公子吟〉卷十三

說明：此詩敘戰國七雄之史事。詩人將四公子賢德予以排名，表達濟弱扶傾之國際觀。一般史家有置孟嘗君居信陵君之後者，蓋惜信陵君才德兼備，而不受世用之憾，此處詩人卻以影響力之重輕為衡量。

有商君者，賊義殘仁。 〈言行吟〉卷十三

說明：舉商鞅變法之弊，在不能言行並重。

商鞅得君持法處，趙良終日正言時。 〈商君吟〉卷十三

說明：上句商鞅典出《史記・秦本紀》，而下句趙良查無所出，疑趙良即趙高之錯字，因形近而訛誤。故下句亦典出《史記・秦始皇本紀》。

子房不得宣遺恨，博浪沙中中副車。

〈過宜陽城二首之二〉卷五

說明：此典用史記留侯世家之故實。

四、比擬古人

借古人說今人，將今人擬古人，皆此類也。

無端風雨雖狂暴，不信能凌沈隱侯。

〈新居成呈劉君玉殿院〉，卷一

說明：沈約自負高才，昧於榮利，卒後諡隱，人稱沈隱侯。此

處詩人以沈約自況，不畏人生中之狂暴風雨。

黃石公傳皆是用，赤松子伴更何爲。　　〈題留侯廟〉，卷一

說明：黃石公、赤松子，典出《史記‧留侯世家》，詩人藉古
　　　人之卷舒，褒美留侯。

徐云天命自有歸，不若追蹤巢與許。

〈題四皓廟四首之二〉，卷二

說明：以巢父和許由比擬四皓，實亦詩人自比也。

幸逢堯舜爲眞主，且放巢由作外臣。

〈詔三下答鄉人不起之意〉，卷七

說明：堯舜乃比今上，巢父、許由自比也。

惠子相時情自好，莊生遊處意能深。

〈代書寄濠倅張都官〉，卷七

說明：此聯以今比古，以惠子比對方，以莊子自擬，對於惠莊
　　　亦友亦敵，是知音、非知音，詩人表現出若即若離的態
　　　度，主要用意仍在婉拒出仕，時機不宜起用之心意。

安樂窩中樂，媧皇笙萬攢。　　〈又借出詩〉，卷七

說明：媧皇，即女媧，相傳爲伏羲氏之妹，曾煉石補天。此處
　　　詩人藉古女媧作笙之樂，自比作詩之樂。

五、用典如敘事散文

周詩云娶妻，周易云歸妹。　　〈秋懷三六首之九〉，卷三

岐動楊朱泣，絲添墨子悲。　　〈秋懷三六首之三十三〉，卷三

雖乏伊呂才，不失堯舜氓。　　〈書事吟〉，卷四

因思濠上樂，曠達是莊周。　　〈川上觀魚〉，卷四

物情悟了都無事，未學顏淵已坐忘。

〈後園即事三首之二〉，卷五

始信淵明深意在，北窗當日比羲皇。

〈後園即事三首之三〉，卷五

當年有志高天下，嘗讀前書笑謝安。　　〈代書寄友人〉，卷五

莊周休道虧名實，自是無才悅眾狙。

〈和王不疑郎中見贈〉，卷六

婀娜王恭韻，婆娑趙后姿；脩妍張緒少，桑軟沈侯羸。

〈垂柳長吟〉，卷六

說明：王恭：晉人，王蘊之子，性直，自矜貴，信佛道，得罪
　　　執政，臨刑瀟灑，無懼容。趙后：指漢代趙飛燕，善歌
　　　善舞。張緒：南齊人，為人清簡寡欲，風姿清雅。沈侯：
　　　梁代，沈約，博物洽聞，自負高才。以上皆以人之韻擬
　　　垂柳韻姿之翩翩曼妙。

顏淵正在如愚日，孟子方當不動年。　　〈閑行吟之二〉，卷七

列子御風徒有得，夸夫逐日豈無疾。　　〈閑行吟之三〉，卷七

年顏李文爽，風度賀知章。　　　　　　〈自詠〉，卷十三

他山有石能攻玉，玉未全成老已催。　　〈書事吟〉，卷十六

小人處事，寧己負人，無人負己。　　　〈處身吟〉，卷十八

　　用典貴在活，曰其如散文，則行筆之流暢可曉。邵詩不寫散文，以詩代文，為其習慣，也為其表現手法，無怪乎其優為長詩。在長詩方面，邵雍用典加強敘事舖陳，在短詩方面，用典可深化詩的涵意。綜合而言，邵詩用事用典之根源，不脫於對史事的深入了解，方能運用自在。

第五節　邵雍詩的語義類型

　　詩的用語、用詞、用字，可以組織成特別風格的語義，分析語義類型可以回溯詩人寫詩的心理過程，以及其欲表現的想法。

　　邵詩對於語義類型所耕耘的成績遠超過意象類型，也就是說詩人重視詩語的平面構圖的廣度，而較不重視詩語的立體構圖深度。此非關詩才，實繫於詩人的秉賦。若以繪畫而論，其詩構圖極像絹本水墨，

絹本色暗，水墨絹上，暗上加暗，此與宋初畫院素色羅漢、秋山、松風作品也類似。詩人的道士裝扮，簡樸生活、素雅起居、閒適意境，春風行徑，顯然也構成其語義類型的一部份。若以音樂而論，像撫古琴聽古樂出古調，人間那得幾回聞，有上古聖賢之心的人方能體會，因爲此調久不彈。經過深入的研究，已尋出詩人下列六種主要的語義類型，像：一、人生如走棋的語義類型。二、心中無一事的語義類型。三、自然風月的語義類型。四、歷史觀察的語義類型。五、以理爲本的語義類型。六、超現實理想的語義類型。

今探討如後文：

一、人生如走棋的語義類型

邵雍家境一直貧窮，然書、棋長隨（卷十一，古琴吟），其知見超人，思慮縝密，此與棋枰的思考方式有重大的關係。走棋現實界的事，棋枰縱橫延展，整齊有脈絡因果，棋子落處是時空的交會點，於過去可知鑑，於未來可推測。大家設想一下，畫面上的關鍵性字眼，是棋枰、棋子、阡陌界格、前因、後果、迎刃、撕殺、機心、詭詐、動靜、黑白和成敗，皆散佈在一張紙上，經由頭腦的組織這些材料，形成思考的人生。邵雍之所以好用「人生如走棋的語義類型」與隱喻歷史經驗法則有關。理學家通常深明歷史演變的因果，其詩作自然會有此類詞彙。

> 成敗須歸命，興亡自繫時。天機不常設，國手無常施。
> 往事都陳跡，前書略可依。比觀之博弈，不差乎豪釐。
> 〈觀棋大吟〉，卷一
>
> 善用中傷爲得策，陰行狡獪謂知機。
> 請觀今日長安道，易地何嘗不有之。　　〈觀棋長吟〉，卷五
> 誰言博弈尚優游，利害相磨未始休。　　〈觀棋小吟〉，卷十七
> 曠古第成千覺夢，中原都入一枰棋。〈首尾吟之廿九〉，卷二十
> 今日當年已一世，幾多興替在其中。

〈和張少卿丈再到洛陽〉，卷一

減項興劉如覆手，絕秦昌漢若更棋。 〈題留侯廟〉，卷二

釣水誤持生殺柄，著棋閒動戰爭心。 〈何事吟〉，卷三

悟易觀棋局。 〈天宮幽居即事〉，卷四

九州環遶持棋柄，萬歲嵩高看太平。 〈登嵩頂〉，卷五

一局閒棋留野客。 〈後園即事之二〉，卷五

院靜春深晝掩扉，竹間閒看客爭棋。 〈觀棋長吟〉，卷五

後人未識興亡意，請看江心舊戰場。

〈和夔峽張憲白帝城懷古〉，卷六

半局殘棋銷白晝，一簪華髮亂西風。

〈代書寄白波張景真輦運〉，卷七

鼎間龍虎忘看守，棋上山河廢指揮。

〈首尾吟之一二〇〉，卷二十

鼎間龍虎忘看守，棋上山河廢講求……

三百六旬如去箭，肯教襟抱落閒愁。 〈歲暮自貽〉，卷八

人心平處固無爭；棋中機械不願看。 〈旋風吟之一〉，卷十一

詩是堯夫不著棋；大智大謀難忘設，小機小數肯輕為？

〈首尾吟之七九〉，卷二十

只被人間多用詐，遂令天下盡生疑。

樽前揖讓三杯酒，坐上交爭一局棋。

〈首尾吟之一一四〉，卷二十

七國縱橫如破的，九州吞吐若枰棋。

〈首尾吟之九九〉，卷二十

升沈休問百年事，今古都歸一局棋。 〈答客〉，卷四

誰言博奕尚優游，利害相磨未始休。 〈觀棋小吟〉，卷十七

二、心中無一事的語義類型

自然而無牽掛，表現出物我一如的虛鑑明澈的詩味。因之在詩句

的語義中也往往透露這種「無事」、「開顏」、「展眉」、「無憂」等等詞彙。憂愁與無憂看似兩者不同的心緒，有時卻更迭起伏，波逐而生。邵雍對於平生的挫折時時進行內省的思考，所以在憂思之後自然會有閒樂的舉動，這種閒樂的心情，在語義中呈現出「心中無一事」的心情，憂與不憂自然平衡，因為言與不及都是不好的生活態度。為求心理平衡，所以邵詩中會產生「心中無一事」的語義，當然此對其閒、樂、諧、趣的詩風是有影響的。今舉例如后：

一身都是我，瘦了又還肥。
　　　　〈窺開吟〉，卷十九，又〈潛機吟〉，大陸版全宋詩三八一卷
時危不厭江山僻，客好惟知笑語溫。
　　　　　〈遊海棠西山示趙彥成〉，大陸版全宋詩三八一卷
心淨星辰夜，情忻草木春。〈觸觀物〉，大陸版全宋詩三八一卷
中心無所愧，對此敢開顏。
　　　　　　　　　〈晚涼閒步〉，大陸版全宋詩三八一卷
樂莫樂於無事樂。　　　　　〈首尾吟之四五〉，卷二十
此路清閒都屬我，這般歡喜更饒誰。〈首尾吟之五五〉，卷二十
山翁道我會開眉。　　　　　〈首尾吟之一二一〉，卷二十
眼明初見舊親知，歡情此去未伏減。
　　　　　　　　　　〈首尾吟之一三〇〉，卷二十
只有醺酣趣，殊無爛漫悲。　　　〈二月吟〉，卷十九
到此灑然如世外，何嘗更有事來侵。　〈污亭〉，卷十九
衰朽百端有，憂愁一點無。　　　〈代書吟〉，卷十七
一片先天號太虛，當其無事見真朕。
　　　　　　　　　　〈先天吟示邢和叔〉，卷十六
當中和天，同樂易友。　　　　〈甕牖吟〉，卷十四
高吟大笑洛陽裏，看盡人間手腳忙。　〈試筆〉，卷十四
林下居常睡起遲。　　　　　　〈暮春吟〉，卷十三
水際竹邊閒適處，更無塵事只清涼。

〈依韻和六老詩之四〉，卷十三

一色得天和。　　　　　　　〈堯夫何所有〉，卷十三

安樂窩中春夢迴，倂無塵事可縈懷。〈安樂窩中吟之五〉，卷十

人間浪憂事，都不到心頭。　〈依韻和王不疑少卿招飲〉，卷七

三、自然風月的語義類型

　　歡喜、喜樂、春、酒、風、雲、水、竹、牡丹、芳草、小車皆能組合邵雍自然風月的語義類型。所謂自然一方面是使用自然界的語彙，一方面是不露痕跡的鍛鍊工夫，形成接近清新的詩風。邵雍遣詞不刻意求工，時有質樸風味，但也不排斥鍛鍊句意，所以在詞彙的組合上常見以自然界的景緻，組合清新自然風月情懷的語義類型，對於詩人心理欲塑造的意象和詩境均能產生重要輔助功能。

堤外有風斜送柳，墻陰經雨半生苔。　〈年老逢春之一〉，卷十

無雲照處情非淺，不睡觀時意更深。　　〈中秋月〉，卷十三

靜坐多茶飲，閒行或道裝。　　　　　　〈自詠〉，卷十三

徑小新經雨，庭幽遍有苔。　　〈和李文思早秋之二〉，卷十三

酒到難成醉，風來易得涼。　　〈和李文思早秋之五〉，卷十三

門掩柴荊闤闠遠，牆開甕牖薜蘿香。

〈依韻和六老詩之七〉，卷十三

江山氣度，風月情懷。　　　　〈自作真贊〉，卷十二

風月遙知四明好，江山況是九秋餘。

〈代書寄鄞江知縣張太博〉，卷七

淡泊霜前日，蕭疏雨後天。　　　〈秋閣吟〉，卷十二

因隨芳草行來遠，爲愛清波歸去遲。〈月陂閒步〉，卷十二

竹間水際情懷好，月下風前意思多。

〈答李希淳屯田之二〉，卷十一

纔寒卻暖養花日，行雨便晴消酒天。　〈年老逢春之二〉，卷十

雨後艷花零淚顆，風餘新月露眉尖。　〈年老逢春之七〉，卷十

－196－

輕風早是得人喜，更向芰荷深處來。　〈依韻答安之少卿〉，卷十

曉露重時花滿檻，暖醅浮處酒盈甌。　〈安樂窩中吟之四〉，卷十

明月入懷如有意，好風迎面似相知。　　〈秋遊之三〉，卷二

數片落花蝴蝶趁，一竿斜日流鸎啼。　　〈春遊之三〉，卷二

有時風向池心過，無限香從水面來。　　〈秋遊六首〉，卷二

鳥聲亂晝林……蟲聲亂夜庭。　　　　〈秋日即事〉，卷二

輕煙籠曉閣，微雨散青林。　　　　　　〈晨起〉，卷三

四、歷史觀察的語義類型

　　邵雍《擊壤集》卷十三有一系列的史評，設計詩史評論觀察的手法，例如〈三皇吟〉至〈五伯吟〉四首詩：「三皇之世正熙熙；五帝之時似日中；三王之世正如秋；五伯之時正似冬。」將三皇、五帝、三王、五伯以時序春夏秋冬為釋，意象倍感明顯。又卷八〈書皇極經世後〉，卷一〈觀棋大吟〉等詩均以巨大的篇幅來敘述歷史的沿革興衰，具有強烈的企圖心把今世與往古，今日與昔年的因果變化，讓有心人很容易讀懂他寫的史詩，儒家、道家的治世之道即在當下的努力，時一過往，萬事進入歷史，灰飛煙滅，空留遺憾。邵雍詩語中有許多治亂、太平、時事、仁聖和利害的觀點，其實也可說是在塑建歷史觀察的語義類型。

遍數古來賢所得，歷觀天下事須真。　　　〈答友人〉，卷十三

天意自分明，人多不肯行。　　　　　〈獨坐吟之二〉，卷十三

長安道上何沾巾，古時道行今時人。　　〈長安道路作〉，卷二

美酒易消閒歲月，青銅休照老容儀。　　　〈秋遊之五〉，卷二

事觀今古興亡後，道在君臣進退間。

　　　　　　　　　　　　〈追和王常侍登郡樓望山〉，卷二

節改一時事，人懷千古心。　　　　　　〈秋懷之二十〉，卷三

今古推移幾度秋。　　　　　　　　　〈天津感事之五〉，卷四

照破萬古心，白盡萬古頭。　　　　　　〈秋懷之二十〉，卷三

治亂與興，著見于方策。吾能一貫之，皆如身所歷。

〈皇極經世一元吟〉，卷十三

身經兩世太平日，眼見四朝全盛時。　　　〈插花吟〉，卷十

燈前燭下三千日，水畔花間二十年。　　〈安樂窩中吟〉，卷十

皇王帝霸，父子君臣……千世萬世，中原有人。

〈經世吟〉，卷十七

二晉亂亡成茂草，三君屈辱落陳編。　　〈防邊吟〉，卷十八

前日之事兮，今日不行；今日之事兮，後來必更。

〈時事吟〉，卷十八

史籍始終明治亂，經書表裏見安危。

〈首尾吟之九七用畜時〉，卷二十

五、以理爲本的語義類型

　　理學家、以講求說理，表達思想爲立論之基。邵雍詩有相當多篇幅，用於理語。邵子雖自云其詩爲「自樂之詩」，然其與純文學家所說的自樂自得有大差異，所謂「人和心盡見，天與意相連」（〈談詩吟〉，卷十八）就是其吟詠情性頗有哲思的用意，固然許多作品顯見語錄之氣味，也有不少詩作仍可發現天機自得之趣。今將其以理語爲基本的語義的詩句併合爲一類型，觀察詩人對於天理人道的省察是抽離情感而客觀的，置身事物外的，另一種觀察視角的特色。

天人之際豈容鍼。　　　　　　　　　〈天地吟〉，卷十九

須識天人理，方知造化權。　　　　　〈蒼蒼吟〉，卷十七

禍福兆時皆有漸，不由天地只由人。　〈至論吟〉，卷十九

因探月窟方知物，未躡天根豈識人。〈觀物吟之一〉，卷十六

居暗觀明，居靜觀動。　　　　　　　〈觀物吟〉，卷十八

興廢先言人，然後語天地。　　　　　〈人物吟〉，卷十八

物我中間難著髮，天人相去豈容絲。　〈病淺吟〉，卷十七

誰能天地外，別去覓乾坤。　　　〈乾坤吟之二〉，卷十七

自物觀心何心不均。　　　　　　　　〈上下吟〉，卷十六

萬物備于身，直須資養深。　　　　　　　〈坐右吟〉，卷十四

言味止知甘膾炙，語眞誰是識瓊瑤。　　〈登山臨水吟〉，卷二

引手探月窟，不負仁義心。　　　　　　〈秋懷之三十二〉，卷三

事到悟來全偶爾，天教閒去豈徒然。　　　〈小圃逢春〉，卷三

唯我敢開無意口，對人高道不妨言。　　　〈自況之二〉，卷五

侯門見説深如海，三十年來掉臂行。　　　〈龍門道中作〉，卷三

君子屈伸方爲道，吾儒進退貴從宜。

〈代書寄劍州普安令周士彥屯田〉，卷六

道德有常理，富貴無定期。　　　　　　〈偶見吟〉，卷七

天意無言人莫欺。　　　　　　　　　〈天意吟〉，卷十二

探春春不見，元只在胸中。　　　　　　〈窮冬吟〉，卷十八

已之欲處人須欲，心可欺時天可欺。

〈首尾吟八十八忖度時〉，卷二十

六、超現實理想的語義類型

　　邵雍少壯有高志，然君臣際會難得，遂蹉跎至老以卒。今觀其詩集雖明取棄情觀物之理，實亦有暗藏鴻鵠高標之志，惟語吞吐含蓄，寓有高超理想的胸襟，雖不欲鄭重宣示，仍時在詩語中發露，今舉例以明之。現實的種種挫折並不能埋沒詩人的壯志，所以詩人說：「養志是生涯。」儲存於生命中的努力，在詩的園地上開花，展現超越現實的束縛，我們從詩中可以體貼到這種詩心。

便如平子賦歸田……卻無官守事拘牽。

〈和王中美大卿致政之一〉，卷十

才沃便從眞宰辟，半醺仍約伏羲遊。　　〈太和湯吟〉，卷十

此身已許陪眞侶，不爲錙銖起重輕。　　〈遊山之一〉，卷二

小閣清風豈易當，一般情味若羲皇。

〈天宮小閣納涼之二〉，卷四

因思濠上樂，曠達是莊周。　　　　　　〈川上觀魚〉，卷四

物情悟了都無事，未學顏淵已坐忘。　〈後園即事之二〉，卷五

始信淵明深意在，北窗當日比羲皇。　〈後園即事之三〉，卷五

讀書每到天根處，長懼諸公問極玄。　〈和魏教授見贈〉，卷六

安得仙人舊槎在，伊川雲水樂無窮。　　　〈自憫〉，卷六

窮神知道泰，養素得天多。　　　　〈逍遙吟之三〉，卷七

有樂有花仍有酒，卻疑身是洞中仙。　　　〈擊壤吟〉，卷八

安樂窩中事事無，唯存一卷伏羲書。　〈安樂窩中吟〉，卷十

少日掛心惟帝典，老年留意只羲經。　〈旋風吟之一〉，卷十一

奈何天地間，自在獨堯夫。　　　　〈自在吟〉，卷十一

眼前無冗長，心下有清涼……若能安得分，都勝別思量。

〈何處是仙鄉〉，卷十三

投足自有定，滿懷都是春。　　　　〈月窟吟〉，卷十七

俯仰天地間，自知無所愧。　　　　〈不去吟〉，卷十七

何止春歸與春在，胸中長有四時花。　　〈自處吟〉，卷十九

陶眞意向辭中見，借論言從意外移。

〈首尾吟之五九樂物時〉，卷十九

已把樂爲心事業，更將安作道樞機。

〈首尾吟之七三自得時〉，卷十九

　　現實社會的拘限是不可改變的，但人生不能沒有理想，詩人邵雍往往藉著詩歌的語言表達對儒家、對道家的修正意見，將自己的理想超然的表述。另一方面邵雍的詩論其實也是一種超現實的理想，超越現實當代詩歌理論的統一觀，他無可無不可的想法，在他的詩論裡以「不限聲律，不沿愛惡，不立固心，不希名譽」的方式向現實挑戰，故能翱翔在超現實的理想中。